Blue Christmas

Blue Christmas

José Luis Correa

ALBA

NOVELA NEGRA

© de esta edición:
Alba Editorial, s.l.u.
Baixada de Sant Miquel, 1
08002 Barcelona
www.albaeditorial.es

© Diseño de cubierta: Pepe Moll de Alba

Primera edición: febrero de 2013

ISBN: 978-84-8428-804-6
Depósito legal: B-34.507-12

Impresión: Liberdúplex, s.l.u.
Ctra. BV 2241, km 7,4
Polígono Torrentfondo
08791 Sant Llorenç d'Hortons (Barcelona)

Impreso en España

A Carlos, mi mejor novela

El día en que iba a morir despuntó oscuro. Lo supo antes de levantarse de la cama (no que moriría, claro, sino la presencia de un cielo encapotado) por el dolor pejiguera de la rodilla izquierda y cuatro estornudos en fila india que amenazaban el regreso de la alergia. El día en que iba a morir, recién amanecidos los Santos Inocentes, se levantó sin ganas, se calzó las zapatillas de franela desteñidas y fue al cuarto de baño arrastrando los pies, dejando un sonido de arenilla en el piso. Se lavó la cara con agua fría y un jabón con olor a magnolias. Se miró al espejo. Allí estaba, de nuevo, la sensación de decrepitud y abandono como aceite y vinagre. La mirada agria. La boca espesa.

Pensó que un café negro retinto, de los sudados en calcetines de algodón, aplacaría la destemplanza. Cruzó el pasillo en penumbras (desventajas de vivir en un primero con vistas a un callejón sin alma) intentando recordar el sueño que había tenido. Imposible. Sabía que llevaba gatos ese sueño. Y una máquina de coser. Y la voz de su madre, muerta hacía más de treinta años. Y un pulóver. Pero con esos mimbres no hubo modo de urdir un recuerdo coherente. Los pájaros de la vecina de puerta estaban enralados. Para ellos era siempre primavera, no había forma humana de callarles la boca.

La cocina era estrecha y desolada, con todo a mano. Había

sustituido la puerta de madera por una cortinilla de pipas de algarrobo como las de antes de que se inventara el plástico. Mientras calentaba, en un cazo renegrido, el café que había sobrado de la noche anterior, pensó en Sara y en Álvaro y en Tomás. Y en todos los ingenuos que tuvieron hijos con la esperanza de no sentirse solos en la vejez. Vaya despropósito. Que le preguntaran a ella. Que vinieran, si se atrevían, a preguntarle esa mañana de los Santos Inocentes. A ella, con tres bastones formidables y renca como una vieja mula.

Se llevó la taza al saloncito, se sentó en el sillón que daba a los ventanales y cerró los ojos para mejor recrearse en el primer café de esa mañana, el último de su vida. Olía a esa mezcla comedida entre el tueste natural y el torrefacto que había logrado conseguir con los años. Sabía amargo y fuerte. Quizá un punto ácido. Lo achacó a la resaca. Dio dos sorbos lentos, apurados. Y entonces recordó el sueño. Se fundió con él. Con los gatos de angora, su madre, el pulóver de lana azul celeste. Y quizá, como Sócrates con el gallo de Esculapio, recordara también a última hora una deuda que ya nunca llegaría a pagar. Y una taza que se precipita desde su regazo. Y un dolor en el pecho. Y unas ganas terribles de vomitar. Y la oscuridad eterna.

Gervasio Álvarez odiaba la Navidad. Lo mortificaban tanta hipocresía, tanto disfraz de buenas intenciones sobre una miserable realidad, tantos buenos deseos con la boca chica. Odiaba la Navidad. Sólo había una razón para digerirla: la visita de los nietillos, su cara de ilusión el día de Reyes, su ingenua fe en el cuento de hadas de los tres hombres sabios. Odiaba la Navidad. Y ésa, en concreto, iba a acabar odiándola más que ninguna.

Estaba transcurriendo como las anteriores. Había pasado la Nochebuena con Susana y el resto de la familia en casa. El día veinticinco habían ido a almorzar a la de su hija. Y el veintiséis había vuelto al trabajo con apenas un leve ardor de estómago, culpa de su mujer que lo llevaba meses a dieta y lo había desacostumbrado a la comida de verdad. Y entonces no había podido resistirse a la pularda rellena y al solomillo de ternera en salsa de ciruelas. Fuera de eso, la Navidad fluía lenta, remolona, igual que un viejo tren. Hasta la tarde del miércoles veintiocho en que todo se fue al carajo.

Al principio creyó que era una broma. Se había levantado de buen humor, había ojeado los periódicos a ver si lograba desentrañar las inocentadas y había acudido a la comisaría a la hora de siempre. Tenía mucho trabajo pero de poca monta: un par de tirones, alguna reyerta callejera, riñas de vecinos, lo habitual en esas fechas. A mediodía había ido al Deenfrente a dar cuenta de un menú discreto (crema de berros y sama a la plancha) que comió con prisa y algo de remordimiento (se ventiló una barra de pan con el ajillo de la sama). Y al regresar al despacho lo esperaba una noticia que le iba a jeringar la digestión.

Habían hallado muerta a una mujer en el salón de su casa, sentada en un sillón de cara a la ventana, con la bata de guata sobre el camisón. Doña Esperanza, una vecina a quien la difunta enseñaba a coser todas las tardes de martes y jueves se alarmó al no recibir respuesta a sus llamadas. No había faltado nunca a una clase de costura, de ahí que avisara tan pronto a la policía. A las siete de la tarde aquello parecía el camarote de los hermanos Marx: el médico forense analizaba el cadáver; tres peritos de la científica batían la vivienda, con guantes y paciencia, en busca de explicaciones; un enfermero del Servicio Canario de Salud reanimaba a la aprendiz de costurera, a quien le había dado un ataque de histeria, y la hija de doña Esperanza, una muchacha de pocas luces que llevaba un perrillo (un bulldog francés blanquinegro y tristón) entre los brazos, respondía a las preguntas de un agente pachorrudo.

Aunque aún le faltaba analizar algunas pruebas, al forense le bastó una mirada al cadáver, a la boca reseca y añil, y a los restos del café desparramado por el suelo para aventurar una hipótesis: la señora había muerto de sobredosis. Sí. Ya sabía el médico que Álvarez pondría esa cara cuando lo supiera. Pero lo que había en el café se parecía bastante a la cocaína. Tal vez algo de similares propiedades. Si lo tomó de un modo voluntario o no, eso era una cuestión que ya no le competía a un médico. Así, lo que iba a ser un día de los Inocentes como otro cualquiera se convirtió en una locura, en un guirigay de citaciones y encuestas entre el vecindario que ayudaran a comprender a quién beneficiaba la muerte de una vieja solitaria-nostálgica (¿y drogadicta?) cuya casa parecía un museo con tanto recuerdo de épocas felices: retratos de familia, condecoraciones militares, premios académicos, una colección de muñecas de porcelana con ropitas de encaje y ojos vidriosos que daban espanto.

¿La habían asesinado? ¿Qué sentido había en aquella muerte? ¿Quién era la mujer? ¿Qué podía tener o saber o haber hecho en su vida para que alguien la odiara tanto? ¿Desde cuándo esnifaba?

¿Y desde cuándo las viejas le daban a la coca? Se llamaba Andrea Mérida y tenía setenta y cuatro años. Había nacido en Sardina del Sur. Era hija de un maestro y una costurera, de quien heredó la maña para los zurcidos y los pespuntes. Tenía un hermano pero de él nada podría sacarse: llevaba años en una residencia de San Bartolomé con el tino perdido. El puto alzheimer.

Andrea se había casado en el cincuenta y siete con un coronel de artillería (lo de coronel vino después; cuando se casaron el hombre era como mucho cabo chusquero) y había tenido tres hijos, dos varones y una hembra: Sara, Tomás y Álvaro Cardenal Mérida. Había enviudado (a veces el destino resulta un cabrón bromista) el día en que enterraron a Franco. El coronel Tomás Cardenal estaba en el salón ante la tele, viendo el funeral del Generalísimo, cuando su corazón no pudo soportar tantas emociones. De manera que en la misma semana en que España se quedaba sin su Invicto Caudillo, Andrea Mérida se quedaba sin su coronelito, con tres hijos adolescentes y una pensión militar que no le daba para nada.

La primera impresión que recibió Gervasio Álvarez esa noche de Inocentes, al conocer a los hijos de la difunta, fue una mezcla turbia de tristeza y rabia. Ni uno de ellos derramó una lágrima. Al pequeño, Álvaro, se le notó conmocionado pero se recobró enseguida. Sara y Tomás parecían más molestos por el engorro que iba a suponer un funeral y un entierro en Navidad que por la muerte de su madre. El inspector se fue esa noche a la cama con acidez de estómago: lo que no había logrado el solomillo con salsa de ciruelas lo consiguieron aquellos tres mal nacidos con su indiferencia.

Todas las familias dichosas se parecen, pero las infelices lo son cada una a su manera. Si aquélla no era una familia infeliz, entonces la infelicidad era un camelo. Por el olor a naftalina y soledad que se respiraba en el salón de Andrea Mérida podía afirmarse que la vida más aperreada había sido la suya. Había tenido que sufrir la ingratitud de un marido déspota que confesaba y comulgaba los domingos para pagar las ruindades del resto de la semana. Y, por si fuéramos pocos, parió la abuela del desprecio de sus hijos, que la culpaban de sus males. Posiblemente la mujer hubiera vivido toda su vida para los demás. Para satisfacer hasta el último deseo de Tomás Cardenal, que se hacían cada vez más caprichosos a medida que el militar ascendía en el escalafón. Y para que Sara, Tomás y Álvaro no tuvieran que sufrir sus padecimientos. Sin embargo, nadie se lo agradeció jamás. Ni el bruto del coronel ni los ingratos de los hijos que el coronel le había dado. Tal vez por eso Gervasio Álvarez no descartó de primeras el suicidio: si alguien tenía motivos para querer mandarse a mudar de esta jodida vida para siempre, ésa era Andrea Mérida. Lo de la coca habría sido, en tal caso, una buena perrería dedicada a la muerte.

Los hijos tenían un rasgo en común, como un antojo de nacimiento familiar: ninguno de ellos miraba a la cara cuando hablaba. Acaso Tomás, a quien llevar el nombre del patriarca debía de darle cierta distinción entre sus hermanos, aguantaba el tipo con la mirada desafiante, pero si uno tenía la paciencia de sostenerle el pulso (y Álvarez era maestro en pulsos), el hombre se rajaba por las patas a las primeras de cambio. Sara y Álvaro ni siquiera lo intentaban. Sus ojos mareantes eran incapaces de mantenerse fijos en un lugar. En el caso del benjamín, el gesto se acentuaba a causa de unas manos nerviosas e impacientes.

Ninguno de los tres, en la entrevista preliminar, aportó una explicación plausible de la muerte de su madre. La vieja era tan pobre que, por no tener, no tenía ni enemigos. ¿Quién iba a querer matarla? ¿Para qué? No. Aún no habían tenido tiempo de comprobar si faltaba algo en la casa, habían acudido todos a la comisaría en cuanto los habían citado. Aun así, dudaban de que su madre tuviera algo de valor más allá de alguna joya heredada de la abuela que cualquiera sabía en qué recoveco andaría escondida.

Como si se tratara de un caleidoscopio, Álvarez fue moviendo las preguntas (se guardó el as de la cocaína en la manga por si le hiciera falta después) para que arrojaran diferentes luces sobre la mesa. Fueron saliendo, aunque agazapados entre silencios y miradas perdidas, el rojo de la rabia, el azul de los sueños incumplidos, el negro de la vergüenza, el marrón de la mierda de infancia que les tocó vivir, la mierda en que el tirano militar había convertido sus vidas desde que nacieron. El único color que no apareció por ningún lado (y eso que el inspector le dio vueltas al artilugio hasta que se le durmió la mano) fue el verde esperanza.

Atila. Tomás Cardenal, que el diablo lo haya confundido en

su tumba, era Atila. Por donde pisaba no volvía a crecer la puñetera hierba. Sí. Ya sabían que no era una historia nueva la de un dictador que reinaba a fuerza de infundir miedo entre sus súbditos. Incluso se podía justificar (disculpar nunca) por el signo de los tiempos. El padre tenía en quién inspirarse, así le dio un jamacuco viendo el funeral de su inspirador. No era nueva pero tampoco explicaba la muerte de Andrea Mérida, que era el verdadero meollo del asunto que los había reunido en la comisaría aquella noche de Inocentes. Convenía, pues, comenzar por algún dato trascendente, por ejemplo el de la última vez que la habían visto o hablado con ella. No. No se trataba de una competición a ver quién era el mejor hijo (para Álvarez, ninguno de ellos escapaba a la quema), sino de conocer el estado de ánimo de Andrea Mérida aunque sólo fuese para descartar el suicidio.

La segunda seña de identidad de los Cardenal Mérida, amén de su mirada huidiza, resultó ser su falta de escrúpulos. Los últimos que habían hablado con su madre habían sido Sara y Tomás, el veintidós de diciembre y por el mismo motivo: para darle la gran noticia de que se había ganado mil doscientos euros (los dos últimos números coincidían con el gordo) en la lotería de Navidad. Mil doscientos euros. ¿Creía el inspector que ese dinero podía constituir un móvil suficiente? No. No lo creía. Gervasio Álvarez conocía el valor del dinero, que no lo tomaran por un ingenuo, pero no veía a nadie matando por ese precio. Además, ¿quién iba a saber lo del billete premiado? No obstante, interrumpió el interrogatorio unos minutos para hacer una comprobación.

Regresó a su despacho. Descolgó el teléfono. Marcó un número de móvil. Consultó algo. Esperó una respuesta. Se despidió de su interlocutor con un Vale, de acuerdo, hablamos luego. Y regresó a la sala donde se reunían esas personas tan compasivas y sensibles. Andrea Mérida no había cobrado jamás por acostarse con nadie pero aquellos tipos eran unos auténticos hijos de puta. En eso venía pensando el inspector mientras iba y volvía a la mesa ancha y rectangular, de reuniones, donde lo aguardaban los tres hermanos. Hijos de puta. No tenían otro nombre. El día veintidós llamaron a su madre para comunicarle el doble reintegro del gordo y, luego, si te vi no me acuerdo. La pobre mujer se había mamado las fiestas sola como la luna. Álvarez sacó de uno de los bolsillos de su americana un sobre de Almax líquido. Lo rasgó por una esquina y absorbió el contenido con un gesto asqueado, más por la visión de Andrea Mérida en su salón, sin nadie con quien brindar, que por el amargor de la medicina. Hijos de puta. Eso fue lo que pensó pero no lo que dijo. Lo que dijo, mirando uno por uno a los tres hermanos, fue que el billete de lotería se encontraba en el cajón de la mesilla de noche de su madre. Aún no habría tenido tiempo de cobrarlo. Álvarez hizo una pausa por si a alguno de aquellos mal nacidos se le ocurría mostrar una sonrisa de alivio (mil doscientos entre tres tocaban a cuatrocientos por barba: más herencia) o algo parecido. Hizo una pausa y se juró por sus muertos que si uno de ellos hacía la más leve mueca de satisfacción se la borraría de una trompada, así estuviera purgando un mes de arresto.

Nadie se inmutó. A buenas horas, mangas verdes con la

decencia, carajo. Ninguno se inmutó pero uno mentía. Y les iba a decir por qué. Doña Esperanza, la vecina de su madre, había declarado que había tenido que adelantar su clase de costura porque, según le dijo la propia Andrea, uno de sus hijos venía a cenar. Sí. No dijo quién (Álvarez consultó sus notas otra vez), sólo que iba a tener compañía. Parecía muy emocionada, no era para menos con el percal de hijos que había criado. Había incluso preparado tournedo rossini y había comprado una botella de cava para la ocasión. Eso significaba una cosa: que en aquel despacho había al menos un mentiroso; y tratándose del caso que los ocupaba (aquí el inspector paladeó la sentencia como si fuera dulce de leche), posiblemente también un asesino.

La exploración que realizó la policía científica en la casa no sirvió de mucho. Había huellas más o menos recientes de Mérida, de la vecina y alguna más que aún deberían verificar pero que, probablemente, correspondiera a miembros de la familia. Andrea jamás había permitido que nadie la ayudara en las tareas del hogar, le disgustaba tener a una extraña enredando en sus cosas y en su vida. Por más que Sara se empeñase en buscarle a una asistenta, la madre se negó en redondo siempre. Eso explicaba, en cierto modo, la profusión de huellas en el salón, en el baño y sobre todo en la cocina, la estancia en la que Álvarez había puesto mayor empeño en que analizaran. Andrea Mérida limpiaba muy por encima, lo justo para que la roña no se enseñoreara de su casa y poco más. Total, ¿para qué iba a esmerarse si nunca iban a verla?

Hubo un detalle que al inspector no se le pasó por alto en el primer tanteo: la basura. En el cubo, bajo el fregadero, había una bolsa negra sin estrenar. Aún olía a plástico, a ese sahumerio dulzón y pegajoso. Ni rastro de la famosa cena. Quien quiera que hubiera ido la noche anterior tomó la precaución de llevarse los restos del turnedó y la botella de cava con él. La droga tampoco apareció pero con eso contaba el viejo policía. Ordenó revisar los contenedores de cuatro calles a la redonda sin resultado. La cautela del invitado (Álvarez miró a los tres hijos buscando grietas a sus coartadas) significaba que llevaba tiempo preparando el crimen.

La tarde de viernes en que enterraron a Andrea Mérida se coló un viento chinchoso por entre los callejones del cementerio. Gervasio Álvarez decidió ir a San Lázaro a darle el último adiós a una mujer que no conocía pero que había despertado todo su afecto. Ya fuera porque el tiempo no ayudaba mucho, o por las circunstancias que rodeaban la muerte de la mujer, aquél resultó ser un acto soso y deprimente. No es que se esperase otra cosa de un entierro pero el inspector no recordaba haber asistido a uno con menos gracia que el de Andrea Mérida.

Contó diez personas entre familiares y vecinos que, unidos al franciscano que ofició la ceremonia y al propio Álvarez, hacían la docena. La comitiva se dividió bien pronto en dos grupos: el de los tristes (los vecinos) y el de los simplemente molestos por el incordio de un entierro en mitad de las navidades. El fraile oficiaba con cierta monotonía indolente. Y Álvarez observaba. Cuando llegó la hora de las condolencias, los familiares se colocaron en fila, de espaldas al nicho, y fueron recibiendo el pésame de los asistentes. Luego, sin esperar siquiera un segundo de intimidad con su madre, un mísero segundo para despedirse de ella sin testigos, para acariciar la lápida de cemento aún fresco y, aunque fuera, dejar una huella amorosa o llevarse una flor de las pocas coronas que se arracimaban contra la piedra fría, los tres hermanos se marcharon aprisa por donde habían venido.

Al inspector se le revolvieron las tripas. Se mordió el coraje que le daban aquellos tres infames desertores. Y decidió recogerse unos minutos, las manos cruzadas sobre el estómago, los ojos en la tierra polvorienta, a desagraviar a una pobre muerta. De pronto, una figura salió del otro lado del atrio y se acercó en silencio a donde descansaban los restos de Andrea Mérida. Una figura menuda y encorvada que se defendía del viento gracias a una chaqueta de paño gris con las solapas alzadas. Una figura que no había participado de la ceremonia. El inspector se mantuvo inmóvil en su esquina sin dejar de observar los movimientos de aquel hombre que parecía salido de la bruma. De haber sido supersticioso, hubiera pensado en un fantasma que venía a recibir a la difunta a la puerta del purgatorio. Pero el hombre era muy real.

Entre setenta y setenta y cinco años. Cabello negro cortado a cepillo. Piel curtida. Brazos fuertes. Llevaba en la mano izquierda un modesto ramillete de crisantemos que depositó como pudo entre los huecos libres que le dejaban las coronas de flores. El hombre humilló la cabeza para rezar una plegaria silenciosa que duró, para gusto de Gervasio Álvarez, más de la cuenta. Aquél no era un gesto de compromiso. No era el paripé vergonzoso que el inspector había presenciado unos minutos antes. Había algo de deuda de honor, de juramento, de promesa incumplida. Al acabar la oración, el desconocido se persignó y comenzó a andar, igual de parsimonioso y compungido, hacia la salida de San Lázaro.

A Álvarez le dio reparo perturbar el dolor del viejo. Pero estaba intrigado, demasiado para dejarlo marchar sin más ni más. Optó, entonces, por seguirlo desde la distancia. Cruzó, quince metros tras el desconocido, la hilera central de afectados panteones. Franqueó el pórtico de la entrada. Bajó los nueve peldaños de la escalera que llevaba al aparcamiento. Cuando llegó a la altura de su coche, viendo que el hombre continuaba andando a través de la arboleda que daba a San Lázaro, el inspector le hizo una señal al policía que le había servido de chófer para que los siguiera. El desconocido giró a la izquierda en una rotonda y enfiló la avenida que llevaba a Siete Palmas. Allí se detuvo en una parada de guaguas, consultó los horarios en un panel de plástico, le echó un vistazo a su reloj de muñeca y se sentó en el banco a esperar. Álvarez cerró un ojo, sacó cuentas y, por fin, volvió a hacerle una indicación al chófer para que se marchara: él se apañaría solo.

Era la 83. Hacía un trayecto zigzagueante (diecisiete paradas) por los barrios intermedios hasta llegar a Las Palmas. El desconocido fue a sentarse al final de la guagua mientras el inspector buscaba acomodo en un hueco libre dos filas por delante. No le importó. La puerta de salida estaba situada en el medio y el hombre del cementerio tendría que pasar por su lado para bajarse. Allí adentro olía a sudor y a perfume barato. Gervasio Álvarez intentó recordar la última vez que había viajado en un trasto como aquél. El recuerdo se perdía en la neblina del tiempo. Sintió nostalgia. Se le agolparon escenas de la niñez junto a su hermano al ir al colegio, con los amigos de la plazuela en busca de los garitos del Mercado de Vegueta o, más tarde, con Susana al Pabellón Recreativo, a robarle algún beso en las últimas filas del viejo cine.

En el asiento anterior, una muchacha daba de mamar a su bebé y luchaba con mimo para que la criatura no se durmiera en mitad de la toma. Frente a ella dos pibes andaban enfrascados en una guerra de maquinitas, cada uno con la suya, intentando matar más naves espaciales o más indios o más terroristas, ¿quién sabe cuál es el enemigo ideal para dos adolescentes de la nueva era? En la primera fila, una mujer le daba palique al conductor. Debían de conocerse porque hablaban de lo mucho que había cambiado el barrio desde los tiempos en que jugaban al brilé en la calle. Justo detrás del inspector, una adolescente con coleta y piercing (se había subido en el mismo lugar que ellos y ya llevaba el móvil en la oreja) hablaba con su mejor amiga sobre el traje que pensaba ponerse en la fiesta de Fin de Año. Álvarez no supo si, como la muchacha pretendía, iba a ser la más guapa del baile. Pero seguro que iba a pasar más frío que un perro chico porque el vestido tenía aberturas por todos lados.

Tan embebido estaba en sus reflexiones que a pique estuvo de dejar escapar la parada en la que se bajó el desconocido. Fue seguramente entonces, en aquel torpe movimiento para alcanzar la puerta antes de que se cerrara, cuando se delató. El hombre, ya en la calle, dio media docena de pasos. Se detuvo. Se dio la vuelta. Y miró al inspector con gesto huraño, ¿La policía no tiene otra cosa que hacer que molestar a un pobre viejo?

No era amigo de confidencias. Vivía solo, en la segunda planta de un edificio de protección oficial en la subida de San Antonio. Convicto y confeso solterón, jamás se había casado.

Había sobrevivido a un cáncer de próstata que ahora controlaba con aplicado esmero. Jubilado de la DISA, empresa a la que había dedicado treinta y cinco años hasta su retiro en el año dos mil. Vivía de su pensión de mil ciento cincuenta euros. Caminaba, a buen ritmo, dos horas diarias por la Avenida Marítima. Tomaba, luego, café con leche en el quiosco de San Telmo. Y jugaba al ajedrez por las tardes en el hogar de la tercera edad (odiaba el nombrecito de los huevos: ¿qué era eso de la tercera edad?; ¿cuántas había?) con sus vecinos del barrio. Se llamaba Eduardo Gil Varela y había nacido en mil novecientos treinta y siete en Alcalá de Henares, de ahí su acento atravesado, más de medio siglo canario sobre un fondo de veinte años castellanos. ¿Qué más podía decirse de aquel hombre? Dos anécdotas: su sangre era la más rara que pueda darse, AB negativo; y era el socio n.º 121 del Atlético de Madrid. Esto último explicaba, en parte, la chifladura (una perreta que le costó enemistarse con su familia castellana) de venir a hacer la mili a Las Palmas: llegó buscando los orígenes del club de sus amores, el mítico Atlético de Aviación.

Gervasio Álvarez averiguaría más tarde, espiando a Gil Varela, sus rutinas. Su pasado laboral, hurgando en los archivos de la Seguridad Social. Lo de su enfermedad y su grupo sanguíneo, gracias a la ficha médica. Lo único que aprendió de primera mano, de boca del propio jubilado, fue su afición al fútbol, una cuestión ociosa que no compromete a nadie. Sin embargo, sobre lo que realmente le interesaba, la relación que existía entre Eduardo Gil y Andrea Mérida, el hombre se enrocó como buen ajedrecista. Una vieja amiga, dijo orgulloso. De sus primeros años en la isla, confesó agradecido. Una gran amistad que sólo la muerte pudo quebrar, se lamentó con un hilo de voz. La emoción al evocar a su amiga muerta dejaba al aire sentimientos más hondos, más enmarañados en los que el inspector tendría que ahondar.

En el primer encuentro, el de la parada de San Antonio, cuando Álvarez estuvo a punto de partirse la cara contra la puerta corredera de la guagua, apenas hablaron. El jubilado anduvo todo el tiempo con la mosca tras la oreja por aquella aparición tan rocambolesca. Observaba al inspector de un modo ceñudo, arisco. Preguntaba más que responder a nada. El policía no quiso tensar mucho la cuerda no fuese que acabara por ahorcarse. Acompañó al viejo hasta el portal de su casa y allí se despidió, no sin antes acordar una cita para el día siguiente. Sí. Ya sabía que era el día de fin de año pero no lo iba a retener más de una hora por la mañana. Gil Varela quizá no fuera consciente de hasta qué punto era necesario. A Andrea Mérida la habían asesinado, pocas bromas con eso. No podía precisar más pero la cosa tenía que ver con cierto tipo de droga. ¿Tomaba drogas Eduardo Gil? La indignación y la tristeza profundísimas que revelaron los ojos de aquel hombre hablaron más que él. No. No tomaba drogas. Ni siquiera Viagra.

Era noche cerrada cuando salió del despacho. Había puesto en orden los documentos del caso. El informe forense reveló que la dosis de cocaína no habría sido determinante de no haber mediado una cardiopatía severa. Andrea Mérida padecía del corazón. Aquel dato venía a añadir una cuota de sospecha sobre los hijos, posiblemente los únicos sabedores del alcance de la enfermedad de su madre. Los testimonios de los vecinos reforzaban la tesis de una mujer solitaria y tímida a quien jamás se le había oído una palabra más alta que la otra, que apenas salía a la compra, a tirar la basura y, como todos los viejos, al ambulatorio de especialidades. Nadie aludió a una supuesta insuficiencia coronaria y mucho menos a una inverosímil afición a las drogas. Las únicas visitas que recibía eran las de sus hijos (eso sí, de San Juan a Corpus) y la de la alumna de costura. Tampoco se hablaba de un hombre moreno y medio corcovado, una amistad extraña aquella que se mantenía tan en secreto.

Álvarez volvió a repasar las afirmaciones del trío calavera por ver si hallaba alguna estría. No la descubrió. Cualquiera hubiera pensado que se habían puesto de acuerdo en sus respuestas. Para ellos, eso estaba claro, su madre era un cero a la izquierda, una auténtica extraña. El inspector anotó una pregunta en su libreta: ¿Conocían los hijos la existencia de Gil Varela? Subrayó el apellido con un trazo grueso y oscuro como sus pensamientos. Llamó a Susana para decirle que ya había terminado y que en veinte minutos llegaría. Que esa noche no irían a caminar, ya bastante había andado detrás del viejo. Su mujer ya lo intuía y no le dio importancia, Pero no te arregostes, ¿eh?, que te conozco; después de año nuevo no te escapas; ¿qué quieres de cenar?; ah, no tienes mucha hambre; vale, preparo una tortilla francesa con serrano.

El olor a huevo y jamón lo recibió con los brazos abiertos. Susana andaba en el fogón acabando de dorar la tortilla. Una tele pequeña sobre el aparador daba el tiempo que iba a hacer al día siguiente en toda España, la imagen de una borrasca se cernía sobre Galicia y Cantabria. Unos soles salpicaban el Levante y Andalucía. En Canarias, un batiburrillo de nubes y calor. Álvarez se acercó a su mujer y la besó en el cuello con un gesto zalamero. Se enjuagó las manos en el fregadero y se secó con un paño amarillo. Bajó el volumen del televisor. Abrió el cajón de los cubiertos y el armario de la vajilla y fue a poner la mesa mientras preguntaba más para él que para Susana qué iban a beber. No. Ni hablar. Tampoco era cosa de descorchar el mejor champán de la casa pero ya bastante frugal era la cena para, encima, añadirle la tristeza de un vaso de agua. Estaban en Navidad, caramba. Abrirían un vino blanco y brindarían por que aún estaban vivos.

Susana lo miró sarcástica, ¿Comparados con quién estamos vivos? Y él, sorprendido ante la socarronería, Comparados con mucha gente que no va a ver el nuevo año. Y ella, juguetona, Ah; creía que pensabas en alguien en concreto. Y él, desarmado, Pienso en alguien; esta tarde estuve en un entierro que me dejó el cuerpo cortado; ¿dime?, sí, esa mujer de la que hablan los periódicos; se llamaba Andrea Mérida, tenía tres hijos pero de esa manera, como quien tiene un tío en Granada que ni tiene tío ni tiene nada; si los llegas a ver, la dejaron botada y salieron por patas como si les avergonzara que sus amistades los vieran allí.

Durante la cena, Gervasio Álvarez le contó, contra su costumbre de llevar a casa los problemas del trabajo, la historia de la mujer que había visto enterrar. Aquélla era una buena ocasión para dejar a un lado sus reparos. Quizá porque la muerta era distinta. O, mejor dicho, porque era demasiado igual a ellos. Una mujer sencilla, honrada, que había vivido para su familia toda la vida. Una mujer como sería Susana dentro de diez años. A ella también le gustaba coser y las telenovelas. Le describió asimismo la conducta mezquina, despreciable de los tres canallas que tenía por hijos. Y la presencia turbadora del hombre de San Lázaro.

Susana lo dejó hablar. A veces preguntaba alguna cosa que no entendía o se admiraba de hasta dónde podía llegar la ruindad humana. Por supuesto, se sorprendió de lo de la cocaína, por Dios, si era una abuelita. En un momento de la conversación dejó caer una duda que a su marido se le iba a quedar grabada. ¿Gil Varela, un sempiterno solterón? ¿Un hombre que hacía ejercicio diario y seguramente se teñía el pelo? ¿Un hombre que vestía chaqueta de paño? Con setenta y cinco años nadie se mantiene en forma y se atilda sólo para jugar al ajedrez en el hogar del pensionista. Allí había gata encerrada. Y esa gata no podía ser otra que Andrea Mérida.

Acabaron la cena. Recogieron la mesa. Se sentaron un rato en el sofá del salón a leer (ella, una novela de amores apasionados; él una sobre la guerra entre Escipión y Aníbal). A eso de la medianoche se fueron a la cama. En ningún momento (ni en la sobremesa, ni en la lectura, ni en la alcoba) el inspector pudo quitarse de la cabeza lo que había dicho Susana sobre Gil Varela. Las Palmas era una ciudad cosmopolita para muchas cosas pero, para otras, seguía siendo un pueblo grande donde las noticias, sobre todo las picantes, corrían como la pólvora. Le costaba creer que Eduardo Gil y Andrea Mérida pudieran haber llevado una historia de amor en secreto, lejos de las miradas noveleras del vecindario. ¿Desde cuándo duraba? ¿Hasta qué punto era seria? ¿Qué relación tendría con el crimen? Aquella duda tenía muchos afluentes y el inspector Álvarez se barruntaba que todos iban a dar al mar que es el morir.

El año nuevo llegó con la misma cadencia melancólica con la que se había ido el anterior. La Nochevieja resultó tranquila, incluso los maleantes parecieron tomarse un descanso, tal vez porque era sábado. La tropa de Álvarez vino a partir el año. Susana preparó una sopa de marisco y un besugo al horno. El inspector hizo un majado de ajo y perejil para unos langostinos que le había regalado un amigo del puerto. Tuvo que soportar las chanzas de su yerno a cuenta del regalo. ¿Aquello podía considerarse soborno? El pobre hombre se hartó de repetir que no, ni que él fuera el concejal de urbanismo, carajo. Su amigo Vicente era un tipo honrado, administraba una empresa legal de congelados y no necesitaba untar a nadie para seguir progresando y menos que a nadie a un simple policía, que no tenía ni arte ni parte en sus negocios.

Al final dio por perdidas las explicaciones porque, cuanto más se justificaba, más se mofaban de él. La chirigota se zanjó de cuajo cuando el mayor de sus nietos, Pedro, preguntó con la voz entrecortada si el abuelo era un policía corrupto (el chiquillo había sacado la palabreja de una de las series de televisión a las que tanto la madre como la abuela eran adictas). Los adultos corrieron a explicarle que no, cómo iba a ser eso. Que el abuelo era el mejor policía de Las Palmas. Que sólo eran bromas para hacerlo rabiar. Y todos regresaron a los langostinos que estaban de muerte y desde luego no sabían a soborno. Con las uvas, los besos y los buenos deseos para el año nuevo ya nadie se acordó de la polémica.

Una vez pasadas las fiestas, el inspector reanudó la investigación sobre el asesinato de Andrea Mérida. La entrevista con Gil Varela el fin de año hubo de suspenderse por una enfermedad repentina (recaída, había dicho el viejo ajedrecista) que lo mantuvo en cama dos días. Álvarez lo dejó estar, ya tendría tiempo de echarle el guante a su declaración. Lo dejó estar pero anotó una fecha para ajustar las cuentas: el miércoles, cuatro de enero.

El lunes llovió. Y en la comisaría no se hablaba de otra cosa. De la lluvia. Ya era hora, ¿verdad? Bien estaba que las islas fueran el paraíso, seguro de sol y esas bagatelas para atraer a turistas desprevenidos. Pero los isleños añoraban de vez en cuando un pizco de invierno, una llovizna que renovara el aire y le diera color al campo. Estaban ahítos del verano perpetuo, del calor pegajoso, del aire acondicionado que descalabraba las gargantas y resecaba los labios. En Ingenio, una villa del sureste, había habido dos suicidios en lo que llevaban de Navidad. Los periódicos tenían vetado hablar de suicidios no fuera que a la gente le diese por imitarlos y aquello se convirtiese en epidemia. Pero en la comisaría sí que hablaban de ellos y nadie creía que fueran producto de la pérdida del empleo o del abandono de una novia como alegaban los familiares de ambos suicidas. Era el tiempo. La falta de agua. Si hubiera llovido una semana antes, los dos tipos aún andarían con vida. Álvarez se llevó un capuchino al despacho para no seguir oyendo las quejas de sus hombres. Lo último que necesitaba era contagiarse del desánimo reinante. Quería tranquilidad para centrarse en dos cosas: en una llamada y en una visita.

El forense se llamaba Ignacio Santa Ana. Su padre, del mismo nombre, había ejercido la profesión antes que él. Se había jubilado el año anterior. El joven Santa Ana, que debía de andar por los cuarenta años, quizá no era tan bueno como el viejo pero había heredado, además del puesto en el Instituto Anatómico Forense, su carácter afable y coñón. Le explicó al inspector lo que había hallado en la sangre del cadáver. Se reafirmó en la teoría del envenenamiento por cocaína, de una dosis pequeña pero suficiente para producirle a Andrea Mérida una embolia mortal. Y sí. Quien se lo administró debía de conocer su enfermedad. La mujer se medicaba y lo que la mató fue la mezcla explosiva de un corazón frágil, unos medicamentos fuertes y una droga electrizante. La conclusión era obvia: el asesino sabía lo que se hacía. Pero eso no era difícil. Hoy día vas al Google y consigues toda la información que quieras sobre mezclas y pócimas.

Santa Ana, sin pretender dar lecciones a nadie (ya bastante tenía con su trabajo en el Anatómico), le recomendó al inspector que indagase en los ordenadores de los hijos, esas cosas dejan rastro. ¿Una orden judicial? Ah, vaya. La jodida burocracia. Lo bueno de su cargo, concluyó el médico con un mohín que a Álvarez le recordó al viejo forense, era que a él le llegaban bien muertos y no necesitaba demasiado papeleo. El policía preguntó cómo andaba Santa Ana padre. El otro respondió con un poso de envidia en la voz, En la gloria, inspector; con la pensión y algunas inversiones hechas antes de que la bolsa se fuera al carajo, el cabrón vive feliz con mi madre en una casita que se construyó a empujones, piedra a piedra, en San José del Álamo; lo que oye, tiene su terrenito con sus tomates y sus papas y hasta cabras y cerdos que se ha agenciado; se pasa el día como un granjero feliz; ¿dígame?, por supuesto que le daré recuerdos suyos cuando vaya a verlo, seguro que le hará ilusión.

Cuando colgó, Álvarez se quedó unos segundos con la mano sobre el teléfono pero con la cabeza en la otra esquina del mundo. Le quedaban apenas un par de años para la jubilación y no sabía hacer otra cosa que trabajar. Le gustaba leer pero no se veía en un sillón echándole horas a un libro día tras día. La televisión le parecía una bazofia que acababa por atrofiar el entendimiento. El cine, como el fútbol, estaba bien para un par de días a la semana pero no alimentaba. Los juegos de cartas o las fichas nunca le habían atraído demasiado. Entendía, pues, al viejo Santa Ana con su huerta y sus cabras. Aunque, examinándolo bien, debía de requerir esfuerzo y ganas, madrugones y contrariedades cuando llegaba el mal tiempo o las enfermedades de las bestias. No. Tampoco parecía un buen negocio. Entonces pensó en alguien cuyo oficio se acercaba más al suyo. Alguien que, igual que él, dedicaba su tiempo a desentrañar enigmas, a escarbar en la basura. Alguien que en esos momentos debía de estar pasándolas putas. Gervasio Álvarez pensó en mí.

No andaba descaminado. Si no llega a insistir una y otra vez con machaconería ni le hubiera abierto la puerta. Aún no sé por qué lo hice. A lo mejor en nombre de una vieja amistad. O porque necesitaba algo que me devolviera las ganas de levantarme por la mañana. O, lo más probable, por pura curiosidad. Cuando cruzó el pasillo llevaba un atadijo de cartas y folletos que había recogido de mi buzón. Negó con la cabeza y lanzó un bufido que estaba más cerca del reproche que de cualquier otra cosa, Joder, Ricardo, si tu abuelo levantara la cabeza se volvía a morir del disgusto; estás hecho una mierda, ¿desde cuándo no limpias este chiquero?

La sola mención de mi abuelo Colacho me provocó fatiga. La mueca amarga no le pasó desapercibida al inspector. Me miró de arriba abajo con lástima. Supuse que intentaba calibrar qué había sido del Ricardo Blanco que una vez conoció. Me había dejado barba. El pelo empezaba a rizárseme cerca de los hombros. Llevaba puesto un chándal rucio y gris de la Universidad de Los Ángeles, California; sobre la U azul de UCLA flotaba un lamparón de salsa de tomate, unos espaguetis a la boloñesa que ya no recordaba haber comido. Iba en calcetines, cuyas plantas habían perdido el color, de tanta roña. El salón no ayudaba a mejorar la imagen de desarrapado. Una bandeja de madera se moría del asco encima de la mesilla: sobre ella, las cáscaras de un plátano y un kiwi, una cafetera fría, una cerveza Tropical a medio beber. Un cenicero grueso de cristal rebosaba de tabas y ceniza de puro. Olía a tabaco y soledad. La trompeta de Miles Davis susurraba *Love for Sale*.

Álvarez apartó unos periódicos atrasados de la dormilona y

se sentó sin esperar invitación. No dijo nada. Aguardó con los brazos cruzados mientras yo recogía aquel desastre y me llevaba la bandeja y los restos del desayuno a la cocina. Nada más regresar, volvió a la carga sin dejar de observar mi sudadera mugrienta, ¿Desde cuándo no comes caliente, chico?; menuda facha llevas, coño; mira, vamos a hacer una cosa antes de que me dé por arrestarte por vagancia: te vas a dar una ducha, vas a ponerte ropa limpia (imagino que te quedará algo decente por ahí, ¿no?), y nos vamos a almorzar a El Pote; y ni se te ocurra protestar porque aún estoy dudando si no darte una tollina de palos para espabilarte, ¿estamos?; y no es compasión; a la comida invito yo pero te voy a sacar el cuero en un asunto que se me está atragantando; te aseguro que, conociendo a los clientes, no vas a ver un euro aunque lo resuelvas en un fin de semana, así que no, nada de caridad cristiana ni esas martingalas; ocurre que me mata verte en este estado.

Antes de la ducha me detuve a lavarme los dientes y afeitarme. Sentía la boca espesa, apelmazada, un regusto a desolación bajo el cielo del paladar. Sin barba, mi rostro se transformó pero yo me notaba igual de resentido. ¿Cuánto llevaba sin salir de casa? Desde el jueves, en que había bajado al mercado a comprar unos filetes de gallo, fruta, cervezas y medio kilo de anacardos salados con los que había sobrevivido el fin de semana. Cuatro días sin hablar con nadie. Sólo con mis viejos amigos Davis y Mingus que me han acompañado siempre en los peores momentos. El teléfono de casa había sonado media docena de veces, incluso de noche. Debía de haber tres o cuatro mensajes esperando en el contestador. El móvil llevaba una semana sin batería en la mesilla de noche. Había perdido el cargador y no había tenido ánimos para comprar otro.

Media hora después regresé al salón, oliendo a limpio y vestido con unos vaqueros y una camisa blanca remangada hasta los codos y con los faldones por fuera. Álvarez buscaba algo entre los periódicos y en el suelo y en medio de las coyunturas de los cojines del sofá. Supuse lo que era. Hice memoria. Volví a la cocina. Abrí el roperito de debajo del fregadero. La basura olía a descomposición. Saqué el cubo. Hurgué dentro aguantando las arcadas. Hallé lo que quería. Lo mal limpié con un trapo de cocina. Cerré la bolsa con doble nudo para sacarla a la calle. La cara del inspector, cuando me vio reaparecer con la basura en una mano y el mando de la televisión oliendo aún a barreduras en la otra, era un poema. Puro Kaváfis en sus ojos de policía. Me miró con pena, Tú estás fatal, ¿eh?; anda, vámonos antes de que me deprima yo también y el almuerzo se convierta en un velatorio.

Ni con gafas de sol, en un día tan gris, logré impedir que me dolieran los ojos. La luz del mediodía se reflejaba en las baldosas del paseo y hería la vista igual que raspaduras de vidrio. Por suerte El Pote está al otro lado de la calle. Cruzamos Mesa y López. Entramos en uno de sus pasadizos. El inspector debía de estar igual de aturdido porque se confundió de pasillo y entró en uno en el que había una tienda de artículos eróticos. La dependienta (traje rojo, zapatos de charol negro, resuelta, pizpireta) hacía juego con el escaparate. Detrás de ella, una estantería estrecha y alta mostraba todo tipo de artilugios de placer. Para mí que algunos debían de doler pero allá cada uno con sus gustos. La muchacha saludó a

Álvarez con una ancha sonrisa y éste le devolvió el saludo con un gesto rayano en la turbación.

Hallamos el restaurante repleto de ejecutivos y comidas de empresa. El encargado reconoció a Álvarez y nos buscó, casi sumiso, un sitio al final del local, junto a un ascensor que lleva a los reservados de la planta baja. En Navidad no preparaban menú pero, en atención al policía, nos ofrecieron unos entremeses variados y nos abrieron una botella de vino del Priorato que andaban promocionando.

El revuelto de langostinos y la ropa vieja de pulpo estaban más que bien. La berenjena rebozada con miel de palma me resultó demasiado dulzona. El vino, un Artigas de dos mil cinco, era todo un descubrimiento. El restaurante tenía techos altos con cobertura de madera, lo que allanaba la conversación, que no se veía salpicada de gritos y risotadas desde las otras mesas. Álvarez traía hinchada la vena paternal y no paró de dar consejos de viejo. Habló de la muerte, de la vida que debía seguir fluyendo, de pasar no sé qué página para seguir adelante, del orgullo y la memoria debida a un buen hombre como Colacho Arteaga. Como dijo aquél, si no hay modo de mejorar el silencio, lo mejor es callar. Y yo callé hasta que el policía retuvo su discurso y me miró expectante y preguntó qué me parecía lo que llevaba media hora diciendo.

Bebí un sorbo del Artigas y asentí, Me parece coherente, Álvarez; el problema es que no está el patio para coherencias ahora mismo; ¿dígame?; no, por supuesto que no pienso seguir así toda la vida, algún día tendré que espabilarme pero no encuentro una razón convincente para hacerlo ahora; ¿sabe?,

Colacho resultó ser una caja de sorpresas incluso después de muerto; me legó su casa de La Isleta, una parcela de terreno en Firgas que no sé cómo guardaba en secreto y, ríase, una cuenta corriente en la Caja de Ahorros con más de ciento veinte mil euros; el muy cabrón vivía con lo puesto, tanto que alguna vez pensé que era de la Cofradía del Puño Cerrado, y lo que estaba era ahorrando para dejármelo a mí; no debía de confiar mucho en mis posibilidades, ja; en serio, Álvarez, usted habla de pasar página pero a mí se me han acabado las ganas de leer. El inspector sonrió a media boca, Mira, coño, con el viejo calafate; y pensábamos que era bobo cuando lo compramos; ¿así que se estuvo descojonando de todos nosotros?; ¿ciento veinte mil euros y un terreno en Firgas?; ¿de dónde salió todo eso?

Ni puñetera idea. Uno cree conocer a la familia y a los amigos (mi abuelo entraba, por derecho propio, en ambas categorías), pero no sabe una mierda de lo que piensan cuando callan. Hasta donde mi memoria alcanzaba, Colacho no tenía relación alguna con Firgas ni con otro lugar que no fuera su barrio de La Isleta. Pero según las escrituras del registro había heredado de una tía solterona de la que jamás habló. El terreno, unos cientos de hectáreas de higos y plataneras, era suyo desde el ochenta y dos. Parecer ser que su tía murió del disgusto al ver a un socialista gobernando este país suyo. Sí. Casi treinta años y el muy zorro no había dicho ni esta boca es mía. Lo del dinero en el banco era aún más inexplicable. El director de la sucursal me informó de no sé qué inversiones que el viejo había efectuado en empresas petrolíferas y en oro, el valor más seguro de todos los valores.

No obstante, la sorpresa más grande, la que había rematado la faena, la que me había hundido en la miseria, tenía que ver con una traición. Un engaño en toda regla. Una mentira que escocía como vinagre en una herida abierta. Álvarez no iba a creerse lo que estaba a punto de contarle. Ni yo me lo creía. Era todo tan irreal. Me sentía como el niño que descubre que los Reyes no existen: imbécil, defraudado, roto. Llevaba años relatando una historia, la de la agencia de detectives Blanco y Moyano, sin saber que era falsa o que, al menos, no era todo lo cierta que yo creía. Alguna vez le había preguntado a Miguel Moyano por qué, si él había sido el que había puesto el dinero, el que arriesgaba, el que pagaba el alquiler del despacho de Triana y el sueldo de Inés, mi nombre encabezaba el rótulo del negocio. ¿No era más natural una agencia Moyano y Blanco? Miguel siempre salía con que no quería que lo asociaran a él, un hombre de negocios serio, con ese trabajo de pacotilla. No quería que le dieran la lata con materias legales ni que mancillara su reputación. Y yo siempre había aceptado esa respuesta sin discutirla.

Revolviendo en los papeles de mi abuelo (en algunos; aún me faltaban enigmas por descifrar), descubrí la verdad. Había resultado ser una trama urdida por Colacho para que dejara de andar zascandileando por ahí, para que sentara cabeza y tuviera algo sólido de lo que agarrarme. Era Colacho quien sufragaba todo. De sus inversiones salía el dinero que me mantenía a mí y a la agencia. El inversor (menuda inversión, carajo) en la sombra. Miguel no pudo negarlo cuando le enseñé los documentos. Intentó excusarse, Tu abuelo era un hombre persuasivo y cabezota; le dije muchas veces que debíamos decírtelo pero él se opuso; fíjate hasta dónde quería mantenerlo en secreto que me hizo firmar una cláusula de confidencialidad; el viejo me tenía cogido por los huevos.

No me valió de excusa. Y la trompada que le pegué con toda mi alma se lo dejó bien claro. La última vez que vi a Miguel se limpiaba la sangre de la nariz con un pañuelo de tela blanco inmaculado.

Y, sin embargo, tenía gracia la historia. Ahora que lo recordaba, meses después, vestido de limpio y con una buena copa de vino, tenía su gracia. Cuando mi socio (ahora ya no sé cómo llamarlo) me retó a montar un negocio y sacarlo adelante, yo consideré que era una broma, el abuso de ron y la falta de sueño en aquella farra loca. Por eso le planteé el más disparatado: una agencia de detectives. Miguel se lo contó a Colacho y el viejo estuvo a punto de ahogarse de la risa. ¿Quiere ser detective? Pues adelante con los faroles. Así era el jodido calafate.

Andábamos con el café y el orujo, uno de frutas que hacían en El Pote, cuando el inspector retomó la palabra, ¿Y ahora qué?; ¿qué cambia eso?; ¿vas a cerrar la agencia, mandar a tu secretaria al paro y dejar de hacer lo que mejor haces sólo porque tu abuelo y tu mejor amigo te engañaron?; piensa que lo hicieron porque te conocían, porque sabían de tu orgullo y tu extravagante sentido del honor; o, mejor, lo hicieron porque te querían y sanseacabó; sí, ya sé que quererse no está de moda pero a eso se reduce todo este tinglado; querían ayudarte a encontrar el camino, nada más y nada menos, lo mismo que intento yo con mi familia o tú mismo si tuvieras un hijo; ahora se te presenta la oportunidad de olvidarte de todo, devolverles el favor, tragarte el orgullo y seguir con tu vida; eso o mandarlo todo a la gran puñeta.

Era fácil decirlo. Hasta sonaba dulce viniendo de un rudo policía de la vieja escuela. Pero no sabía yo si podía conseguir lo que me proponía. Olvidarme de todo, había dicho Álvarez. Olvidar que mi vida (al menos la de los últimos años) era una farsa. Una mentira. La del que descubre, después de viejo, que es adoptado. Alguien al que le han implantado los recuerdos, al que le han inventado una infancia de pega. ¿Y ahora qué?, había dicho el inspector. Ahora leche machanga. Me tocaba descubrir primero quién era yo antes de saber qué hacer con mi existencia.

Álvarez se revolvió en la butaca, ¿Cómo que quién eres tú, carajo?; no me jodas con vainas psicológicas; tú eres Ricardo Blanco, la mosca cojonera más coñazo que he conocido; ¿tú crees que te propondría trabajar conmigo, contraviniendo todas las leyes y las normas de este puto país, si no supiera quién eres?; déjate de mamonadas, chacho; mira, hace unos días enterramos a una mujer que sabía quién era y no le sirvió de nada; uno de sus hijos la envenenó con cocaína; sí, como lo estás oyendo; con cocaína, menudo chute, ¿verdad?; era una pobre vieja cuyo único delito, igual que el de tu abuelo, fue querer demasiado a quienes no se lo merecían; y no puedo creer que el cabrón asesino se salga con la suya sólo porque tú estás mimoso; de ahí que vaya a darte toda la información que tenemos del caso; o, lo que es lo mismo, me voy a jugar el culo una vez más por ti; quiero que vuelvas al despacho y que empieces a husmear en la basura como esta mañana pero, en lugar del mando de la tele, saques a un hijo de puta que huele igual a mierda para que yo lo encierre en el Salto del Negro hasta que se le caigan de podridos los dientes; eso quiero; porque yo creo que tú sí te mereces que tu abuelo te haya querido hasta el punto de vivir como un miserable para que su nieto pudiera vivir como un príncipe.

Volví a casa dándole vueltas a lo último que había dicho Álvarez sobre lo de merecerme el cariño de mi abuelo. ¿Qué había hecho yo por él? Me había alejado de todo lo que me lo recordase como si me quemara: su casa, la playa, el Casinillo. Sus viejos amigos aún estaban esperando que fuera a saludarlos pero me dolía demasiado enfrentarme a sus miradas de conmiseración. Me vino a la cabeza la imagen de Gloria, la muchacha que atendió a Colacho en los últimos años. Agarré el teléfono y la llamé. No sabía bien qué iba a decirle pero, de perdidos, al río. Me había comportado con ella de un modo infame. Tras el funeral, en las escalinatas de la iglesia del Cristo, me había despedido con un apretón de manos medroso, sin alma, y no había vuelto a ponerme en contacto con ella. Gloria se había portado con él mejor que yo. En la iglesia, la gente le daba el pésame con más sentimiento que a mí. Cualquiera hubiera dicho que tenía celos de ella.

No sabía bien qué iba a decirle pero sentía necesidad de enmendar mi torpeza, mi necedad. Quería saber cómo le iba, qué había sido de su vida desde entonces y si estaba dispuesta a perdonarme hasta el extremo de aceptar un trabajo. No. No se trataba de ninguna limosna. Para limosnas estaba yo, el pordiosero mayor del reino, el bufón de la corte del rey Colacho. No.

Era una propuesta sincera. Casi un grito de auxilio. Mi casa se estaba cayendo de la mierda. No había tenido agallas ni para limpiar mi miedo. En vez de mandarme a freír puñetas, Gloria estuvo conforme con el encargo. No sé si necesitaba el trabajo pero lo aceptó. Sus condiciones, eso sí, eran innegociables: iría dos tardes por semana, las que ella eligiera, a limpiar y a planchar; nada de hacer la comida; y cobraba cuarenta euros por tarde. ¿De acuerdo? Desde luego que sí.

Aproveché el momento de euforia culpable para atender al resto de mensajes del contestador. Eran más de lo que había pensado. Andaría desprevenido o borracho cuando las llamadas, pero conté hasta siete recados. Los fui escuchando uno a uno con el corazón encogido. Inés, Beatriz y Miguel habían dejado dos por barba. El séptimo era del albacea testamentario de Colacho para que pasase a firmar no sé qué aceptación de herencia antes de fin de año, a buenas horas mangas verdes. Me iba a costar una pasta mi pereza. Hacienda penalizaba los retrasos. Ya no podía hacer nada, así que lo dejé para el final.

Inés estaba enfadada como un macho pero, aun así, aceptó la llamada. Le expliqué que volvíamos al trabajo, que ya se había acabado el luto, que teníamos un caso entre manos, que ya le daría los detalles al día siguiente en el despacho. Mi secretaria respiró aliviada, Joder, chico, de verdad, ya me veía en la cola del paro, cóntrale; me das una alegría; mañana hablamos, pero no creas que te va a salir gratis mi angustia; del aumento de sueldo no te salva ni san Lucas Tadeo.

Beatriz había perdido la esperanza de saber de mí. Pensó que ya no volvería a verme el pelo. Era consciente de que nos habíamos conocido en mal lugar y en peor momento. Temía que yo llegase a asociar ambos acontecimientos (la muerte de mi abuelo y nuestro primer encuentro) y que ya no pudiera soportar ni el recuerdo de su nombre. Beatriz. Se engañaba. Beatriz. Podía soportar su nombre y todo lo que giraba alrededor de su nombre. Beatriz. Tenía ganas de verla. ¿Muchas ganas? Todas las del universo mundo. Y si no la había llamado antes era porque no la quería de testigo de mi decadencia. Ni hablar. No iba a dejar que viera el estado lamentable, patético en el que me había dejado la muerte de Colacho. Esperaba recuperar fuerzas. Y sí. Ahora creía haberlas recuperado todas. ¿A cuento de qué? A cuento de la visita de un viejo amigo, ya se lo explicaría. ¿Cuándo podríamos vernos? Cuando quisiera. ¿La siguiente noche en su casa? Conforme. Un lugar perfecto para reconciliarnos, para vengarnos de tanto tiempo perdido, de tanta tristeza inútil.

Miguel Moyano me saludó con un Hombreeee, el campeón de los pesos wélter, dichosos los oídos... que me devolvió la fe en el ser humano. Con él no hizo falta disculparse. Nos perdonamos sin una palabra: yo, que me hubiera ocultado el secreto de Colacho; él, mi trompada fuera de lugar. Nuestra amistad estaba por encima de mi orgullo y su cara. Por cierto, ¿cómo estaba? Perfectamente. Habían tenido que remendarle los huesos propios de la nariz pero había quedado mejor que antes. Concha, su mujer, me lo agradecía. ¿Cómo estaba Concha? ¿Cómo iba a estar? Muy disgustada con los dos: con Miguel y conmigo. Menudos chiquillajes, dejar que una bobada estropeara una amistad de treinta años. Se volvería loca de contenta en cuanto supiera que volvíamos a hablarnos. Había que celebrarlo. ¿El viernes con una cena? Se dijo.

El resto de la tarde la pasé tirado en el sofá oyendo a Ella Fitzgerald. Davis y Mingus tendrían que perdonarme pero necesitaba otra emoción, otro ritmo, para enfrentarme a una nueva realidad. Nadie llamó ese día, lo que venía a decir que las aguas habían vuelto a su cauce y el orden a mi vida. No tuve que desdeñar ningún aviso. Vi una película del Oeste, mala como carne de pescuezo, doblada al puertorriqueño, horriblemente iluminada y esparcida de sangre de tomate. Cuando acabó, empezaba en otra cadena *Qué bello es vivir*, fiel a la Navidad como el turrón. No tuve valor para enfrentarme a más lágrimas. Apagué el televisor y me fui a la cama. Por primera vez en muchos meses, dormí de un tirón, sin que ningún fantasma se colara por la gatera de mis sueños.

Al día siguiente me levanté temprano. Desayuné en un bar del mercado, con los puesteros y los guardias de seguridad, un bocadillo a la catalana como a mí me gusta (más jamón que pan) y dos cafés fuertes y negros que amenazaron con romperme el estómago. El periódico traía sólo noticias funestas: el paro se desbocaba; habían desahuciado a tres desventuradas familias de Buque de Guerra; se había producido un incendio en una fábrica de voladores y el fuego había atrapado a dos hombres, padre e hijo, en mitad de la tralla. Fui incapaz de seguir leyendo. Me quedé sin saber qué había sido de los dos desdichados, si habían logrado salvarse del infierno, si les iba a tocar vivir en un purgatorio de llagas y dolor. Cerré el periódico y lo devolví a la barra del bar. Preferí, en mi estado de ánimo, dejar correr el río hasta serenarme. Y me dejé empapar de la socarronería de los feligreses, que espantaban la crisis a base de chistes de cubanos. No hay nada como mirar a un pobre para sentirse rico.

Las primeras horas de la mañana se me fueron en la barbería (necesitaba con urgencia un corte de pelo y volver a parecer humano) y en el despacho de Álvarez, que me recibió con una sonrisa orgullosa, Esto ya es otra cosa, coño; vuelves a ser el Ricardo del que tenía memoria. Me entregó un sobre cerrado con fotocopias de informes y anotaciones a mano. Quiso convidarme a un café de la máquina pero lo rechacé. Ya tenía bastante con los del bar del mercado. Inés, además, me aguardaba en la oficina y no quería hacerla esperar no fuera que creyese haber soñado mi resurrección.

Mi secretaria estaba hablando con su palo del Brasil en el balcón. Llevaba una regadera en una mano y un paño azul celeste, con el que daba lustre a las hojas desvaídas, en la otra. La oficina olía a cerrado y a pesticida. Pero estaba limpia y, con las ventanas abiertas, se podía respirar. Inés, cuando me vio, me dio un abrazo acogedor que se quedó como estancado en el tiempo. No sé cuánto duró pero sí que tuve la sensación de estar de nuevo en casa. Al separarnos me acarició el mentón y sonrió con inquietud, Estás muy flaco, chico; no adelgaces más que te me quedas en la tea, ¿vale?

Me acompañó a mi mesa. Se sentó al otro lado del escritorio con una pierna cruzada sobre la otra y aguardó en silencio a que abriera el sobre de Álvarez y le echase un vistazo a los documentos. Estaba, era de esperar, más al corriente que yo en el caso Mérida. A falta de trabajo, se había hartado de leer los periódicos, escuchar la radio, ver los telediarios regionales para hacerse una composición de lugar acerca de la mujer asesinada. Aquello olía fatal. Demasiados codos cerca del tintero como para saber quién había volcado la tinta. Inés había visto y oído a los hijos de la mujer y no pudo menos que compartir con el inspector la sensación de que eran unos cabrones. Estaban todos tan tranquilos, tan fríos que daba grima. Ella no podía ponerse en su lugar pero, vamos, si asesinasen a su madre, le faltarían uñas para arañar y voz para gritar y lágrimas para llorar de rabia. Aprovecharía los micrófonos para cagarse en todo lo que se moviera. Sin embargo, allí estaban aquellos tres: serenos, sin una mueca de dolor, sin un gesto de coraje. Como si tuvieran horchata en las venas. Ni siquiera precisaron de un portavoz calmado como suele ocurrir en las tragedias. ¿Para qué, si ellos eran la personificación de la calma?

No. No sabría decir cuál de los tres parecía más culpable. De hecho llegó a pensar en aquella novela de Agatha Christie, la del Orient Express, en la que hasta el último mono tenía razones para cometer el crimen. Imaginó al hermano mayor comprando la coca, a la hermana escondiéndola en casa de su madre y al benjamín echándola en el café cuando ella no miraba. Si por Inés fuera, los encerraría a todos hasta que confesaran. Claro. Era consciente de que estábamos en un estado de derecho (a los políticos se les llena la boca de esas palabras altisonantes cuando les interesa) pero por una vez, y sin que sentara precedente, hubiera deseado regresar al franquismo, a la época en que todo Dios era sospechoso de algo, en que primero disparaban y después preguntaban.

Mi secretaria se sorprendió al conocer la existencia de Gil Varela. Que ella recordara, la prensa no lo había mencionado en ningún momento. ¿Un pretendiente? ¿Un viejo amigo? Inés se mostró encantada. Gracias a Dios. Eso significaba que al menos alguien había llorado de verdad la muerte de Andrea Mérida. Y también que no había estado tan sola como la pintaban. Bien por ella. Sí. Sabía que se estaba precipitando en sus conclusiones pero qué quería yo, prefería la imagen de una mujer feliz en los brazos de un amante apasionado, a la de una pobre vieja abandonada a su suerte. ¿De sexo? Por supuesto que hablaba de sexo, de qué iba a hablar si no. ¿O es que yo creía que los viejos no lo practicaban? Ja; tú fíate de la Virgen y no corras.

Inés quiso saber por dónde iba a empezar a meterle yo mano a aquel caso. Por el principio, sin duda. Necesitaba leer hasta la última palabra de los expedientes que tenía encima de la mesa. Observar con lupa cada una de las fotografías. Visitar la casa de Andrea Mérida. Y entonces me dedicaría a lo que, según Álvarez, mejor se me daba. A tocar los cojones a cualquiera que se cruzase en mi camino. En efecto. También al tal Eduardo Gil Varela. Por muy dolido que apareciera en las anotaciones del inspector. Inés no debía olvidar que el dolor de la pena y el dolor de la culpa son idénticos. Y las de Gil Varela bien podrían ser lágrimas de cocodrilo.

Se me pasó el tiempo volando, enfrascado en la maraña de informes y fotografías. Ni siquiera noté cuándo Inés entró a despedirse para ir a comer ni cuándo regresó, dos horas después, con un café y un sándwich de atún y millo que dejó en la única esquina libre de papeles de mi escritorio. De vez en vez yo levantaba la vista de los documentos y consultaba algún detalle en Internet. Me intrigaba, por ejemplo, la humildad de la víctima, la sencillez con la que vivía, a quién podría beneficiar su muerte, de dónde habría salido la cocaína. Y quería examinar personalmente las entrevistas grabadas de los hijos de Andrea Mérida. Hallé unas cuantas, enganchadas en los portales de las televisiones. Pude fijarme en ellos desde distintos ángulos. Entendí la aversión que habían generado en Álvarez y en Inés.

Esa tarde llovió. El repiqueteo en los cristales me devolvió al presente. Me levanté, entumecido, de la mesa. Me estiré en medio del despacho. Me acerqué a la ventana. La calle se había llenado de paraguas. La gente parecía vivificada por el olor a lluvia. Un niño chapoteaba en un charco. Su madre (vestido gris perla, gargantilla de oro, zapatos de tacón, bolso de piel marrón, cargada de paquetes con regalos) le jalaba de la mano, Hombre, Raúl, mira cómo te estás poniendo los zapatos, contra. Un hombre estatua vestido de Tutankamón bañado en oro se enchumbaba de arriba abajo. Los churretes de agua y pintura amarilla le caían por los brazos y las piernas. Una mendiga desdentada se burlaba del falso faraón, ¿Eso qué es, mi rey?; ¿oro?; sí, coño, del que cagó el moro. La Navidad está hecha para los niños y para los pobres. Los adultos se la pasan de compras y a los ricos les supone una molestia tanta alegría desbordada.

El lotero de Triana intentaba cubrir su puestito con un chamizo de plástico. Había salvaguardado sus billetes de lotería dentro de un arcón plano de madera y, a pesar de su media ceguera, procuraba tener un ojo en la faena de barricada y otro en la mercadería. La mujer de limpieza de una tienda de ropa se esforzaba, sin mucho lucimiento, en mantener seca la entrada del local. Había colocado un cartel amarillo de precaución al que nadie hacía caso. Afuera, un tipo vestido de negro merodeaba alrededor de un cajero automático. A veces, como los camaleones, disimulaba su pelaje confundiéndose con el entorno, delante de un escaparate o mirando la hora con insistencia como si alguien llegara tarde a su cita. La lluvia cesó. El hombre camaleón encendió un cigarro. Miró de reojo a dos muchachas que sacaban dinero. Y se fue detrás de ellas Triana arriba.

Yo regresé a mi mesa, convencido de que algo se me había pasado por alto. Volví a las páginas de las televisiones. Remiré las imágenes de los hijos de Andrea Mérida rodeados de micrófonos y focos. Era verdad que parecían demasiado fríos para el infierno que se suponía estaban viviendo. Pero no era eso lo que me preocupaba. Era otra cosa. Otro hombre camaleón como el de Triana. Allí estaba. Siempre en segunda fila, sin mirar a las cámaras, incómodo y huidizo, mudando su color. Pero cerca de los tres hermanos. Detuve varias veces la reproducción. Imprimí una fotografía en la que se veía la cara del tipo. Pensé en lo que había mencionado Inés acerca del portavoz. Quizá fuera una persona elegida por la familia para atender a la prensa y cuya participación, tras la insistencia de los periodistas, al final hubiera resultado innecesaria. O tal vez un policía de Álvarez que viajaba de incógnito. Menudo incógnito, ¿verdad? Sin embargo, si no era una cosa ni otra, ¿qué hacía allí aquel pasmarote?

Inés entró en el despacho poniéndose el abrigo. Venía a despedirse. Pero vio el café y el sándwich e hizo un gesto de contrariedad, Joder, Ricardo, ahora entiendo por qué estás en los huesos; llevas aquí cinco horas sin probar bocado, m'ijo; vete a casa, que para ser el primer día ya está bien. Recogió el vaso de cartón de mi escritorio y se lo llevó al baño. Escuché cómo vertía el café frío por el sumidero. A su vuelta, limpió con un clínex un vaso de cristal, sacó de la nevera una cerveza y me la sirvió. Luego abrió el papel de plata con cuidado y puso el sándwich sobre otro clínex limpio, Como sé que no vas a hacerme caso, ahora te tomas esto delante de mí y me cuentas qué has averiguado.

Comí con desgana. Le enseñé la fotografía del individuo, que había quedado marcada por el surco húmedo del vaso de cerveza, su cabeza en el centro de la diana. Aceptando que la policía ya habría peinado bien la casa de Mérida, me encontraba ante dos frentes abiertos: aquel hombre siniestro que Inés contemplaba y el asunto de la droga. Mi secretaria se mordió el labio inferior como hacía siempre que le rondaba algo en la cabeza, ¿Y qué hay de tu amiga Beatriz? Yo la miré, extrañado, Pues precisamente esta noche ceno con ella; ¿por qué te interesa? E Inés, sonriendo con malicia, ¿Cómo que por qué, totorota?; si alguien sabe de drogas es una farmacéutica.

Beatriz Guillén vivía en una casona, antigua pero reformada con gusto, en el corazón de Tafira. De piedra vista, madera negra y techos altos, el frío de enero se colaba por los rincones. Por eso la farmacéutica tenía el fuego de la chimenea encendido y una botella de vino abierta sobre la mesa del comedor. Llevaba un pantalón vaquero y una blusa de manga larga color burdeos. En lo que la cena se preparaba, ofició de anfitriona y me enseñó la casa, No la mires mucho, que no he tenido tiempo de limpiarla. La planta baja, que había visto al entrar, estaba ocupada casi por completo por un salón inmenso lleno de cuadros y esculturas modernas. La mayoría, me explicó orgullosa y divertida, eran de artistas desconocidos que más temprano que tarde acabarían triunfando. Al final de la estancia, una puerta conducía a un saloncito más pequeño (un sillón, una mesa baja, una librería con más cuadros y un televisor) por el que se accedía al jardín. A través de los ventanales, una media luna blanquísima iluminaba un pedazo de césped y un viejo laurel de indias.

En la segunda planta estaba el despacho (un escritorio vetusto y sólido, un sillón de cuero, una lámpara de pie color oro viejo) que Beatriz había heredado de su padre, notario jubilado. Y las habitaciones. Y una cocina espaciosa que olía a pescado y a alioli. Mi anfitriona se acercó a los fogones, apagó el horno, terminó de aliñar una ensalada de lechuga y tomate y me invitó a sentarme a la mesa. Insistí en hacer algo y, más por delicadeza que por necesidad, me señaló un cuchillo de sierra y una barra de pan negro con semillas de sésamo que había sobre la encimera. Mientras, ella sacó el pescado y lo trasladó con esmero (a mí se me hubiera desmigajado del todo) a una bandeja blanca como la luna, con ribetes dorados.

Brindamos. Por mi resurrección y su sonrisa. Porque la vida no tenía maldito sentido sin esos momentos diferentes. Porque lo del valle de lágrimas era un pamema más grande que la catedral de Santiago. Beatriz estuvo dispuesta a despejar todas y cada una de mis dudas: las del alma y las del oficio. Hablaba con dulzura, aunque con firmeza, sobre la necesidad de aceptar la muerte como algo consustancial a la propia vida. Eran dos realidades, vida y muerte, que no podían entenderse por separado. Los viejos lo sabían y por eso aceptaban sin discutirlo aquello de que para morirse sólo hace falta estar vivo. Esa idea, claro, se convertía en tragedia, en caos funesto cuando hablábamos de un pibe de veinte años que se desnuca en su moto o una niñita de ocho que se parte la crisma al caerse de un columpio. Eso era una atrocidad, una perversión del orden. Pero que muriese un hombre de noventa tan sólo era una consecuencia, la resultante de haber estado vivo alguna vez. La eternidad es tan cruel como la muerte prematura; ¿quién quiere vivir doscientos años atrapado en un cuerpo decrépito y frágil?

La entendía. Desde luego que la entendía. Era el razonamiento que me había estado repitiendo desde el día siguiente al entierro de Colacho Arteaga. Me decía a mí mismo cada mañana que era lógico, natural, ley de vida. Sin embargo, cada noche me iba a la cama destrozado, herido, cagándome en los clavos del ataúd de la lógica, la naturaleza y esa puñetera ley que nunca me había convencido y siempre me resistí a cumplir.

Beatriz volvió a alzar su copa de vino y brindó por él, por mi abuelo, por la paz que seguro habría encontrado allá donde los muertos descansasen. Me preguntó por un recuerdo del viejo, el primero que me viniera a la mente. Le respondí casi sin dejarla acabar, Me acuerdo de sus manos carenando una barca color celeste en La Puntilla; ¿sabes?, me gustaba observar cómo trabajaba, con qué suavidad restañaba la madera podrida, con qué paciencia recomponía las heridas del tiempo o de los oleajes; parecía un pianista acariciando un viejo piano; y su nuca; sí, ya sé; parece una bobada, pero me acuerdo de su nuca, de las arrugas de su cuello veteado por el sol mientras trabajaba, de sus orejas rudas, de su cabeza regia; podía pasarme horas contemplándolo allí, detrás de él, descalzo sobre la arena tibia.

Beatriz insistió en que esa imagen era un homenaje a la vida. En que la vida (y no la muerte) habitaba ese recuerdo. Y en que yo no era capaz de llorar la ausencia de Colacho porque Colacho estaba más presente que nunca.

–Y cuando muera yo, Beatriz, ¿quién lo va a recordar?

–¿Cuándo tú mueras quién te recordará a ti?

–Posiblemente nadie.

–¿Y eso te preocupa?

–En absoluto.

–¿Pues entonces? A ver, ¿qué era esa otra cosa que querías preguntarme?

Le hablé de la cocaína y la arritmia cardiaca. De una combinación que había acabado con la vida de Andrea Mérida. Le pregunté si era fácil averiguar la dosis necesaria. Si, como había apuntado el forense, sólo bastaba acudir al Google y esperar sentado. Beatriz alternó dos gestos que me inspiraron una ternura inmensa: por un lado, el horror (en la mirada) de pensar en una muerte tan insoportable; por otro, el goce (en la sonrisa) que le producía ayudarme con algo tan sencillo. ¿Sencillo? Mucho. Sólo se precisaba tener una amiga farmacéutica. Cualquiera que supiese de la dolencia de Andrea Mérida, conociese los efectos de la coca y, por descontado, quisiera acabar con ella, sabía cómo. Las drogas servían para aliviar y para matar, depende de la dosis y el uso que de ellas se hace. Las luces y las sombras, en fin, del ser humano.

Nosotros elegimos la luz. Ya estaba bien de sombras. Que Andrea Mérida nos perdonara la indelicadeza pero el besugo al horno estaba sabrosísimo, casi limpio de espinas y de un sabor tan intenso que no necesitaba de ninguna salsa para esconder su aroma o su gusto. Por eso desistí de echarle alioli, aunque no una fina lámina de aceite de oliva. Beatriz se percató de mi renuncia a su salsa y fingió un enfado que su sonrisa pícara negaba, ¿Me va a tocar a mí sola el alioli?; ni loca, vamos; o la pruebas tú también o te estás olvidando de besarme esta noche; aquí, o todos tirios o todos troyanos. Para afianzar su amenaza tomó un trozo de pan, lo salpicó en la salsa amarilla y cremosa, y me lo puso en el plato.

Antes de comerlo, me alongué sobre la mesa y le di un largo beso a la mujer que, entonces, me miraba aturdida y sonrojada.

Luego probé el pan untado, con avaricia casi. Me sentía feliz. Después de un largo infierno de tres meses, por primera vez tenía ganas de reír a carcajadas. Y el sonrojo de Beatriz provocó que mi risa se desbocara sobre el mantel y la noche.

–Qué tonto que eres.

–Lo sé. Pero si pensaste que no te iba a besar porque supieras a ajo es que me crees más tonto aún de lo que soy.

–¿Sabes que estuve a punto de hacer una vinagreta? El ajo es mal invento para una primera cita.

–Ya, pero ésta no es nuestra primera cita y mis ganas de besar le pueden a todo el alioli de tu libro de recetas.

–Me gusta verte así de contento.

–Y a mí. Llevaba mucho tiempo en penumbra. Necesitaba ya un poco de claridad. Salir a la calle. Ver caras amigas. Disfrutar de la buena gente, coño. Menos mal que Álvarez y tú llegaron en mi auxilio, si no, no sé que hubiera sido de mí.

–Hubieras tardado un poco más pero hubieras regresado igual. Tanto tu amigo el policía como yo te echábamos de menos. Cada uno a su modo, claro.

–Me gusta más el tuyo, desde luego. Pero brindo por los dos.

No sé si fue el vino o el deseo retenido tanto tiempo o la media luna que se colaba por la alcoba de Beatriz pero esa noche regresé a la luz con todas mis fuerzas. Beatriz tenía una piel suave y brillante. Mis manos exploradoras se deslizaron por la geografía de su cuerpo y se empeñaron en descubrir hasta el último de sus rincones. No había prisa. La luna fue rotando con nosotros en un vaivén cadencioso. Descubrí que a Beatriz le gusta hablar mientras hace el amor. Su voz susurrante se hizo nido en mi cuello. Lo supe porque al día siguiente aún tenía las huellas rojas de su cuchicheo.

Se despertó primero mi nariz que mis ojos. Intuí que era de día por el tono rosáceo del interior de mis párpados. Pero lo supe a ciencia cierta por el intenso olor a café recién hecho que llegaba desde la cocina. El lado izquierdo de la cama estaba frío y desierto. Beatriz se había levantado hacía un rato. El ruido del agua al caer en la ducha me dio una idea aproximada de lo que había ocurrido antes de que yo despertara esa mañana. Me levanté despacio. El piso de madera no logró aminorar el frío que recibió a mis pies descalzos. Caminé hasta la puerta. Juré en arameo al pisar la hebilla de mi cinturón. Recogí los pantalones del suelo y los arrojé con rabia sobre la cama. Me agaché a frotarme la magulladura. Seguí andando mientras recuperaba el resto del naufragio de la noche anterior: mi chaqueta arrugada, mi camisa, el sujetador transparente de Beatriz.

El baño estaba dentro de la alcoba, junto a un pequeño cuarto que hacía de ropero y que la farmacéutica mantenía (la puerta corredera estaba entreabierta) pulcramente ordenado. Me dio por pensar (hasta mis digresiones de mosca cojonera despertaban antes que yo) que acababa de romperle la armonía a Beatriz. Ella hubiera recogido la ropa del suelo pero, sin duda, se lo había impedido su temor a despertarme. El murmullo de la ducha cesó. Me hubiera gustado entrar en el baño y abrazar a la mujer que me había devuelto a la vida pero me dio reparo.

Hubiera sido perturbar (¿aún más?) su intimidad. Y acaso le hubiera dado una imagen demasiado patética de mí. De modo que, como no era cuestión de regresar a la cama ni de andar paseándome desnudo por la casa, opté por sentarme a esperarla en una silla de inspiración francesa que había frente a la cama.

Cuando Beatriz salió con una toalla verde oliva enroscada sobre su cuerpo me halló en aquella postura, una pierna cruzada sobre la otra cubriendo mis vergüenzas. A peor la mejoría. Huyendo del patetismo vine a caer en el ridículo. Pero otra cosa que aprendí de Beatriz aquella mañana en que volví a la luz fue que tenía un despertar de jilguero, alegre, cantarín. Abrió los brazos y vino a darme los buenos días con una sonrisa de oreja a oreja. La toalla se despeñó por el barranco de sus muslos hasta caer al suelo. Mis vergüenzas recobraron ánimo. La silla francesa aguantó los embates del amor como una campeona. Beatriz tuvo que volver a ducharse. Y el café se enfrió.

Nos despedimos en la puerta de su cochera. Quedamos en encontrarnos el viernes, cuando la cita con Miguel y Concha. Nos burlamos de la cara de pánfilos que iban a poner ellos cuando nos vieran aparecer juntos a la cena. Beatriz volvió a la farmacia y yo a casa, a cambiarme de ropa. Ambos con la convicción de que el año comenzaba con buen augurio. Nos aguardaba un enero complicado pero estábamos decididos a pelearnos con el mundo para que aquella historia funcionara.

De los tres hijos que Andrea Mérida había tenido con su militar sólo uno, el mayor, parecía haber prosperado. La muchacha, Sara, vivía en un barrio obrero, en un edificio plagado de humedades, tendederos de ropa y antenas parabólicas. En la fachada norte había un enorme andamio con una red verde para proteger a los viandantes de tanto cascote suelto que granizaba en los días calurosos. El color vainilla original del edificio se había ido oscureciendo por el orín del tráfico. Las barandillas de los balcones mostraban las heridas herrumbrosas de la brisa del mar. Olía a resignación.

Sara Cardenal Mérida no había tenido lo que se dice suerte en la vida. Huyendo de la sartén de un padre dominante y bruto había caído en el fuego de un marido putero que, si alguna vez la quiso, ya se le había olvidado. Al principio la cosa funcionó: eran jóvenes, mantenían las ilusiones y las ganas intactas, se reían de todo. Con los años, el cuerpo de Sara se fue reblandeciendo y, con él, el deseo de su marido y los sueños y la risa. Dos embarazos latosos, una existencia sedentaria y tanta televisión la habían convertido en una mujer vulgar, mantecosa y triste.

Su marido había dejado de mirarla después del nacimiento del pequeño Samuel. Y había empezado a visitar (primero de un modo ocasional, luego regularmente) una casa de putas de la calle Pamochamoso. Una simple mirada por la ventana del burdel bastaba para comprobar hasta qué punto el hombre se había resignado. El lugar era oscuro y deslucido. Aunque habían renovado la plantilla con dos colombianas entradas en carnes y jaraneras, la mayoría de las putas eran pingonas de medio pelo, bastas y sucias. La visión del burdel era descorazonadora. Daban ganas de pegarle fuego a la casa con los muebles dentro. No dejar ni una viga en pie. Sí, claro. De algo hay que vivir. Y hay quien no tiene la posibilidad de elegir. Pero si aquello era vida, si aquello obedecía a una elección que bajara Dios y lo viera.

Lo más cruel de la historia era que Sara Cardenal estaba al tanto de las andanzas putas de su marido. Desde hacía cuatro años. Desde que al muy tolete no se le ocurrió nada mejor que pagar uno de sus polvos con la tarjeta de crédito. La cita furtiva dejó rastro, la baba de un caracol pegajosa en un extracto de cuenta que, como las demás cuestiones de intendencia doméstica, manejaba Sara. No hacía falta ser académica de la lengua para entender lo que significaba aquella Sociedad de Servicios Recreativos, SSR, tras la que se escondía el humillante y asqueroso mercadeo de carne. El orgullo le impidió pedir cuentas a un tipo al que ya no reconocía como marido ni como amigo ni como nada.

Ochenta euros de mierda. Ni un céntimo más ni un céntimo menos. Ochenta euros que le habrían venido como anillo al dedo para pagar el arreglo de los dientes de Marta o la piscina de Samuel o, qué carajo, un vestido nuevo para ella, que llevaba meses sin comprarse nada. Ochenta euros por algo que ella le hacía gratis y con más cariño. Ella, que no le negaba nada en la cama. Nada. Ni por arriba ni por abajo. Ni por delante ni por detrás.

A partir de ese día Sara Cardenal no dejó que su marido le pusiera un dedo encima. Si le picaba el deseo, allá al coño de su madre. A Pamochamoso. Con las putas reviejas. Le daba asco sólo pensar en la porquería que podría contagiarle el miserable aquel. De modo que llevaba cuatro años sin probar bocado, así se ponía hasta el culo de bombones y galletas de nata. Joder. Cuatro años. Hasta su madre, si aceptábamos a Eduardo Gil Varela como amante, tenía más sexo que ella.

Al benjamín de los Cardenal Mérida no le había ido mucho mejor. Mal estudiante, había abandonado el instituto antes de llegar a bachiller y había partido tras los cantos de sirena del apogeo turístico. Al sur. De camarero, de barman, de aparcacoches. Hombre inestable, había cambiado de trabajo y de pareja en los últimos quince años con idéntica compulsión nerviosa. Sus jefes y sus novias lo habían botado a la calle por la misma razón: era un flojo, un vago, un tipo con propensión a la melancolía. Bastó un par de entrevistas con ex jefes y ex novias para entender que de Álvaro Cardenal no podía hacerse carrera. Vivía en un apartamento interior de Guanarteme, en una calle maltrecha y atestada de africanos que vendían sus trapos en los tenderetes del mercado del puerto. La policía vigilaba la calle de los negros con regularidad por trajines de drogas y estraperlo. Por eso tenían controlado a Álvaro, un pobre diablo melindroso que cobraba quinientos cincuenta euros del paro y a quien su madre, se sospechaba, pasaba una rentita para que llegara a fin de mes.

Solía vérsele en un bar cochambroso de la calle Viriato, la Meca, donde se reunía lo mejor de cada casa: un chulo que presumía de tenerla como un burro; un marinero cuyo único océano era el de la cerveza que se bebía por litros; una echadora de cartas y lectora de posos de café, a la que habían despedido de televisión por bandolera y tramposa; un enano filósofo que creía en la reencarnación y presumía de haber sido en otra vida maharajá de Kapurtala. Álvaro Cardenal, según decía, se acodaba a la barra de aquel antro para documentarse en un libro que pretendía escribir y que lo iba a sacar de pobre. Si la de *Harry Potter* lo había logrado, ¿por qué no él?

–Porque la de *Harry Potter* está muy buena y se habrá follado a un montón de editores.

–Porque en el extranjero (yo lo sé, que he viajado) se lee mucho más. Aquí, en este puto país, nadie vive de la literatura.

–Porque nosotros no damos para personajes de novela. ¿A quién le interesa una pandilla de perdedores?

–Porque no estás aún maduro. Aguarda a que te reencarnes en la próxima generación.

Así las cosas, Tomás Cardenal hijo era el único emprendedor de los tres hermanos: estudió un módulo profesional de contabilidad y unos cursos de marketing en una academia de métodos americanos. Y, más tarde, se dedicó a montar negocios según viniera el viento: una lavandería, una empresita de telefonía móvil, un restaurante de comida ecológica. Al final, había acabado por alquilar un local pequeño y bien situado detrás de la plaza de Santa Ana en el que levantó una librería, bazar y administración de quinielas todo en uno con los que iba tirando.

En la Navidad de mil novecientos noventa y nueve hizo un viaje a Cuba para celebrar el fin del milenio (lo que él creía que era el fin del milenio porque eso nunca quedó claro con tanta macana de cifras y cálculos) y había traído de vuelta unas cuantas cajas de Cohíbas con las que establecer un comercio de tabaco, y una novia de diecinueve años, Ogadenia Figueroa, con la que iniciar una vida dichosa y jodedora. La tabaquería le duró poco pero Ogadenia se convirtió en su mujer. Doce años y doce kilos después, se les veía felices dispensando revistas y bonolotos.

Tomás Cardenal hijo, no obstante su perseverancia, tenía un serio problema. Algo de lo que nadie hablaba pero que estaba ahí, en primera línea de mostrador, no bien se lo conocía: el olor. Un olor que no llegaba a fétido pero que mortificaba, que era imposible esquivar cuando uno se acercaba a dos pasos de él. Un olor agrio que se te quedaba pegado a las fosas nasales apenas permanecieras un minuto al lado del librero. Acaso por eso el hombre se había limitado a la venta de quinielas (un cristal blindado de diez pulgadas lo protegía a él de los robos y a los clientes del mareo) y había dejado la papelería en manos y en boca sonriente y en tetas brinconas de Ogadenia Figueroa.

Aquellos que conocían (sufrían, más bien) el estigma de Tomás Cardenal hijo agradecían el cristal blindado de su estanco y, antes de abandonarlo, le echaban una mirada de compasión a la pobre cubana. Menuda cruz la de tener que lidiar noche tras noche con aquel tufo ingrato. Ogadenia Figueroa respondía a esas miradas con una sonrisa despreocupada que sólo una habanera podía permitirse. A ella le iban a hablar de tufos, coño, con lo que había penado en su reparto de El Vedado, donde se lavaban con sebo tres veces por semana: porque cuando no había jabón lo que no había era agua, el caso era joder a los cubanos.

Los tres hermanos se habían convertido con el tiempo en islotes, aislados entre sí. Tres islotes en una isla que, en vista de lo poco que se trataban, venía a ser un inmenso continente. Se habían visto dos veces en el último medio año y siempre en contra de su voluntad: la primera cuando Álvarez los citó en su despacho para tomarles declaración por la muerte de su madre; la segunda y última, cuando le dieron a la pobre mujer cristiana sepultura.

En cuanto a las coartadas, Tomás había pasado la noche del veintisiete con Ogadenia en el apartamento de unos amigos. Sara con sus hijos en casa. Álvaro tuvo fiesta en el bar de los perdedores de Viriato y armaron tal escandalera que hubo de acudir la policía a cerrar el local. Ninguno reconoció haber cenado con ella la víspera de su muerte. Y todos tenían testigos de su coartada. Ocurría que los testigos tenían tanta credibilidad como un político en campaña electoral: Ogadenia se dejaría deportar de nuevo a Cuba antes que contradecir a su marido; los hijos de Sara respondían a todo que sí como loros; y los desgraciados de Viriato habrían jurado cualquier cosa que Álvaro Cardenal les hubiese propuesto con tal de fastidiar a la policía. Por ahí no iban a sacar nada Álvarez y los suyos.

Gil Varela había seguido con su rutina de paseo mañanero y café con leche en el quiosco modernista de San Telmo. Allí leía el periódico y echaba la mañana comentando las noticias con algún parroquiano. Había seguido con su rutina, sí, pero se le notaba más apagado que de costumbre desde la muerte de Andrea Mérida. Respondía con monosílabos a los vecinos de mesa y, de vez en cuando, abandonaba el periódico sobre el regazo para quedarse mirando al infinito con unos ojos lánguidos y abatidos. A saber qué funestos pensamientos lo afligían. Su corcova se había acentuado. Sus pasos, otrora desenfadados, se habían vuelto remolones, como si sus piernas llevaran un peso añadido, el peso de la angustia.

Como por algún lado tenía que comenzar yo la investigación, empecé por el más joven y, acaso, el más frágil de los cuatro sospechosos. Cuatro. Y es que, antes de llevarme una desagradable sorpresa a mitad de camino y que se me fuera todo al garete, consideré a Gil Varela también desde esa perspectiva. Hasta que no le oyera el cloquido y me convenciera de que su dolor era auténtico, no pensaba eliminarlo de la lista.

Álvaro Cardenal tenía un beber melancólico. Los hay a los que el licor los vuelve violentos, los que se envalentonan pero sólo por fuera y los que se vuelven mimosos al segundo trago. Álvaro era de estos últimos. El bar de la calle Viriato era su refugio para cuando necesitaba de mimos. El dueño del garito, Medardo Cabrera (el nombre de su bar, la Meca, no obedecía a ninguna querencia musulmana sino a un simple juego de sílabas iniciales), se había convertido en su confidente, en su consejero, en su psiquiatra. El menor de los Cardenal acudía allí porque le salía más barato que el diván de un loquero.

Cuando llegué a la Meca estaban ellos dos y una mujer inquieta y parlanchina que a cada rato salía a fumar unos cigarros que se liaba ella misma con papel negro y picadura barata. Saludé a la parroquia, pedí un carajillo y me arrepolliné sobre una banqueta alta al final de la barra. Medardo Cabrera llevaba un mandil de color indefinido y un palillo de madera en la boca que cambiaba de orilla cuando filosofaba. Me sorprendió que no se le cayera nunca con tanta charla y tanto traqueteo tras la barra. La tertulia iba esa tarde de hijos y responsabilidades. El dueño, que debía de tener familia numerosa, intentaba animar a su manera a Álvaro y a la pitonisa. ¿De qué se quejaban, coño, si estaban en la gloria bendita? Si él volviera a nacer, ni loco lo agarraban otra vez con mujer y con niños. Quería a sus hijos, que nadie lo dudara, pero para mantenerlos tenía que trabajar como una mula doce horas al día sin domingos ni fiestas de guardar. No había olido vacaciones en quince años. Y no. No podía permitirse enfermar ni un solo día. Cuando se encontraba mal, una aspirina y un coñac y andando. La enfermedad, argumentaba con el palillo atravesado, es privilegio de los ricos. Y la depresión (esto lo decía mirando con descaro a Álvaro Cardenal) tenía que ver con el tiempo libre. A él no le había tocado esa suerte de poder deprimirse alguna vez. Qué más quisiera.

Llegado a ese punto me preguntó a mí qué opinaba de los hijos. Le respondí con un encogimiento de hombros, No puedo opinar, jefe; no los he tenido. Medardo se sintió reafirmado en su teoría, ¿Lo ves, Alvarito?; ahí tienes a un hombre inteligente: no ha tenido hijos pero sí tiempo libre; espero que no esté deprimido. Apuré mi carajillo y sonreí al barman, Aún no, pero no lo descarto con la que está cayendo. Aproveché la ganancia para invertir en una coartada verosímil que explicase por qué un tipo como yo, sin hijos ni depresiones, había entrado en aquel bar de mala muerte. Andaba en busca de trabajo. Llevaba casi un año brazo sobre brazo y ya el paro se me acababa. Así que me daba igual ocho que ochenta, peluquero de perros o albañil, de día o de noche, legal o clandestino.

Tuve la sensación de que Álvaro Cardenal abría los ojos más de la cuenta ante mi última disyuntiva. Dejó su cerveza en la barra y me ojeó de arriba abajo buscándole macas a mi testimonio. Entonces pagó la copa y se despidió de Medardo con un

Hasta la vista que sonó muy poco convincente. Cabrera rezongó entre dientes, con palillo y todo, algo sobre las malas compañías que se agarran a uno como las ladillas a los huevos. Se le notaba cabreado. Sacó un vaso largo del aparador y casi lo destroza contra la barra cuando intentó servirse un culito de coñac Osborne. Estuve a pique de quedarme un rato por si le sonsacaba algo más sobre las malas compañías de Cardenal pero intuía que con un poco de paciencia sería el mismo Álvaro quien me las presentara.

Pagué el carajillo. Le prometí a Medardo que no iba a perder las mañas, que volvería a saludarlo, que su café era estupendo, nada del aguachirle al que acostumbraban los bares de la zona. Me llevé una sonrisa satisfecha de Cabrera. En la calle no había rastro de la fumadora nerviosa. Algo más arriba, un conductor impaciente atosigaba a una mujer mayor que aparcaba su coche entre un contenedor de basura y un vado de garaje. No parecía tener ciencia la maniobra y, aún así, ella se tomó su tiempo en afinar la dirección. El otro acabó por desesperarse y soltarle una grosería a la vieja. Lo último que vio por el retrovisor fue el dedo corazón al viento y un exabrupto de la mujer que hasta a mí me resultó ordinario. Bajé Viriato hasta la avenida de Las Canteras. Se me antojó pasear por la playa de mi abuelo, pensar en él, tal vez justificarme ante su recuerdo por aquellos tres meses tirados miserablemente a la basura. Pero no tuve tiempo para la nostalgia ni el remordimiento, ya dicen que lo urgente es enemigo de lo necesario. En la siguiente esquina me esperaban aquellos dos, nerviosos, suspicaces, aunque decididos a proponerme un negocio.

Álvaro Cardenal y la pitonisa me aguardaban ocultos en la sombra de un zaguán. Me llamaron a dúo con un susurro. Él llevaba la voz cantante. La mujer iba apuntándole cuando se trabucaba. Sus palabras se tambaleaban en el callejón como borrachos. Los perdedores querían saber, en definitiva, si yo era de los suyos: si era de fiar, cuánto de verdad había en mi necesidad de trabajo, hasta dónde estaría dispuesto a llegar por conseguirlo. Quise resultar convincente. Me metí las manos en los bolsillos. Titubeé. Miré al suelo. Pateé una chapa de cerveza que había en la acera y que acabó en la boca de una alcantarilla.

Necesitaba trabajar. Y no me importaba correr riesgos: siempre que no tuviera que matar a nadie, estaría dispuesto a lo que fuera. Me inventé (entonces me pareció una buena idea) una madre paralítica que precisaba de atención constante y para la que yo no podía pagar una enfermera. Por eso estaba allí, a esa hora, buscándome la vida. Álvaro y la mujer se miraron. Ella asintió en silencio. Cardenal me preguntó si iba armado, porque el hombre al que íbamos a ver era un tipo desconfiado y escurridizo. Le respondí abriendo los brazos, ¿Qué parte de «siempre que no tenga que matar a nadie» no ha entendido? La respuesta lo satisfizo. Me pidió que lo acompañara. No estaba lejos, sólo a unas pocas manzanas. La pitonisa se quedó atrás, no supe si por miedo o por prudencia, Dile al moro que vaya despacito; primero hay que probar si merece confianza.

Ya solos, callejeando por el barrio de Guanarteme, Cardenal se esmeró en absolver a su amiga, No se lo tenga en cuenta, señor… ¿Blanco?; pues no lo tome a mal; Aurora es aprensiva por naturaleza, le viene de lejos; claro, se pasa la vida augurando desastres y la pobre ha acabado por desconfiar hasta de su sombra. Lo dejé hablar. Había aprendido con el tiempo que, en ocasiones, las preguntas estorban. De cuando en cuando le sonreía tranquilizador y aceptaba su discurso sin contradecirlo. Anduvimos más de lo que esperaba. Me dio la impresión de que Álvaro daba rodeos por si alguien nos seguía. Al final llegamos a nuestro destino: una calle estrecha con casas bajas, antiguas, pintadas de rojo y amarillo gofio.

El lugar de encuentro era un edificio destartalado y feo como pegarle a un cura, una construcción de ladrillo y acero de los años setenta que desentonaba en una callejuela como aquélla. En el portal del edificio había un tipo de aspecto árabe, malencarado y tirando a obeso. Nos miró como si le hubiéramos ofrecido una chuleta de cerdo. Olía a curry y a una mezcla vomitiva de especias extrañas. Sudaba hasta en la sombra, los goterones le caían desde la sien hasta el cuello rochoncho. En la pechera de la chaqueta se le marcaba un bulto amenazador.

Se llamaba Farid. Hizo una llamada antes de dejarnos pasar. Tuvo una conversación áspera y gutural. Asintió varias veces. Me observó con desfachatez otras tantas. Y al final abrió el portal. El zaguán era estrecho y mal iluminado. El suelo estaba lleno de lamparones y a las paredes les hacía falta un buen albeo. No había espacio para la caja del ascensor así que tuvimos que subir por la escalera hasta el tercer piso. Cardenal, entre resuellos por la fatiga de los escalones, hizo una broma sobre el portero árabe, ¿Sabe lo que significa Farid?; significa *único*; claro, no me jodas, con esa barriga no cabe nadie más.

En la puerta del tercero izquierda había otro tipo igual de

grande aunque menos grasiento. Tenía el aspecto de portero de discoteca, con un pantalón gris y los morcillones de músculos sobresaliendo de las costuras de su blusa blanca. Éste no era árabe, si bien, calladito, podía pasar por uno de ellos. En un canario atropellado me pidió que abriera los brazos y me diera la vuelta para cachearme. Cuando comprobó que lo más peligroso que llevaba yo era mi juego de llaves nos franqueó la entrada.

En mi vida había visto tapadera mejor. El apartamento del tercero izquierda de aquel edificio roñoso y pestilente ocultaba un palacete oriental: acuarelas delicadas en las paredes, espejos con marcos cincelados, alfombras persas, muebles charolados de madera, adornos dorados. La cueva de Alí Baba. Para colmo, Cardenal se transfiguró nada más entrar en la casa. Pareció como si de repente le hubiese hecho efecto una droga. Toda la inseguridad y la blandura que había demostrado hasta ese momento se tornaron entereza. Hasta la mirada resultó arrogante. Lástima que la pose le durara tan poco.

El gallo de aquel corral hablaba lo justo. Mientras Álvaro se daba pisto a cuenta del grupo (él lo llamaba grupo como si fueran *boyescaos* y no una panda de contrabandistas) al que me estaba invitando a unirme, el jefe permanecía sentado detrás de su escritorio sin mover una ceja. En un momento el pavoneo de Cardenal le dio dentera: arrugó el entrecejo, se llevó una mano al oído y lo mandó callar, Ya basta, hombre. El reproche quedó flotando en la habitación, espeso igual que el humo de un puro. Álvaro se desinfló. Su sonrisa forzada no pudo disimular el azoramiento, el pozo patético en el que lo había dejado caer aquel tipo, que debía de tener su misma edad pero mejor llevados: el alcohol no siempre conserva bien los cuerpos.

Antes de volverse invisible, Cardenal hizo las presentaciones con la voz y el tremor de antes del engallamiento. Así supe el nombre del jefazo. Félix. Sólo Félix. Manda huevos. El nombre hubiera valido si no llega a ser por el aspecto del nombrado. El tal Félix era más moro que Muza: portaba una perilla negra azabache, su piel aceitunada brillaba en la penumbra (la estancia permanecía a oscuras, las persianas bajadas, únicamente una pequeña lámpara sobre la mesa del escritorio) y sus ojos chiquitos opacaban su cara. Félix hablaba un español más que correcto salpicado aquí y allá de leves manchas: la más evidente era la de sus erres, que resonaban de un modo estrepitoso.

Me tendió una mano firme por encima de la mesa y me invitó a sentarme en un sillón que había frente a su escritorio. Álvaro tomó asiento en una especie de diván, debajo de la ventana cerrada, y quedó relegado a un segundo plano como una odalisca venida a menos. Las preguntas de Félix eran cortas y directas. Y, apenas acababa de responder, me lanzaba otra y otra más: ¿De dónde venía?, ¿En qué había trabajado antes?, ¿Tenía mujer?, ¿Hijos?, ¿Era religioso?, ¿Bebía?, ¿Me gustaban los hombres?, ¿Le debía dinero a alguien?, ¿Había estado en la cárcel?, ¿Le temía a la muerte?

En ningún momento, ante ninguna de mis respuestas mostró sorpresa, fastidio o emoción. Aunque tenía una pluma Montblanc plateada y negra, no anotó ni una coma de lo que yo respondía. Se limitó a mirarme con su máscara de moro Muza. No sonreía. Eso y sus erres me hicieron pensar en una afasia o cualquier otro trastorno facial. Sin embargo, lo que a aquel tipo le ocurría era que nada le hacía gracia. Cuando empezó a repetir las preguntas, entendí que estaba más interesado en descubrir quién no era yo que en saber quién era de verdad. Buscaba con matraqueo cogerme en un renuncio, hallar una contradicción aunque fuera leve, desenmascararme. Como quiera que la única trola que yo estaba dispuesto a mantener era la de mi pobre madre paralítica (en un momento temí que me pidiera una prueba de autenticidad: una foto o un documento de la Seguridad Social), no me costó representar el papel de buscavidas. Las negaciones fueron más contundentes. No. No bebía. No tenía hijos. No era religioso. No me gustaban los hombres. No le debía dinero a nadie. No había visitado la cárcel. Y, aunque había estado en el borde del precipicio, no le temía a la muerte.

La última pregunta me pilló por sorpresa. No estaba preparado. Por eso dudé. Y Félix se figuró que había encontrado una grieta en mi declaración. Intentó ahondar en ella con empeño, ¿Ha matado a alguien alguna vez?; ah, entonces ¿por qué le dijo a Álvaro que no estaba dispuesto a matar?; ¿se avergüenza o qué pasa?; ¿es usted uno de esos arrepentidos?

Miré a Félix con detenimiento. Quería averiguar con quién me jugaba los cuartos. Bebía té, moruno y aromático, a sorbos lentos. Vestía de un modo atravesado, mitad occidental, mitad oriental, con un pantalón de lana fría y una camisa sin cuello color magenta. Sus manos eran finas y llevaba las uñas cortadas con pulcritud. Portaba un anillo de oro en el anular de la mano izquierda. En la derecha, de la manga larga de su camisa despuntaba un reloj dorado con la esfera negra. Parecía hastiado de examinarme. No tenía pinta de alguien capaz de sacar un arma y dispararme a sangre fría delante de un testigo, aunque el testigo fuese la odalisca Cardenal. Más bien, parecía un tipo acostumbrado a chasquear los dedos y esperar a que otro le hiciera el trabajo. Me pregunté si era el último peldaño de la organización mafiosa o si, en cambio, sobre él reinaba algún pez más grande.

Fuera como fuese, ahí estaba. Impertérrito. Silente. Aguardando mi respuesta con el mentón elevado, como retándome a mentirle. Juzgué más fácil bordear la verdad que enfangarme en una invención que difícilmente iba a poder mantener por mucho tiempo. En efecto. Había matado a un hombre. Hacía de eso unos años. Era un traidor y un criminal repugnante que se lo merecía. Y, sin embargo, no me gustó matarlo. Aquello me costó muchas noches de insomnio y, cuando lograba pegar ojo, me invadía una ristra de pesadillas lúgubres. Podría decirse que había sido en defensa propia: era su vida o la mía. Pero eso no mitigó la sensación de culpa. Prometí que no volvería a hacerlo. Por eso le había dicho a Álvaro Cardenal que estaba dispuesto a cualquier cosa menos a empuñar un arma. Y si aquélla era una razón para que no confiara en mí, Félix y toda su pandilla podían irse al carajo desde ese instante.

Sentí que Álvaro se removía en el diván. ¿Cómo me atrevía yo a hablarle así a su jefe? Hizo amago de levantarse pero Félix lo detuvo de nuevo, sin aspavientos, con un leve ademán de la mano. Después hizo una mueca, acaso lo más cercano a una sonrisa que su rostro de hielo era capaz de articular. Cuando retomó la palabra su voz sonó metálica, incisiva, OK, Blanco, le aseguro que no tendrá que matar a nadie... por ahora; pero he de advertirle que este trabajo tiene sus riesgos y no puedo prometer que no tenga que volver a usar un arma... ¿cómo fue lo que dijo?... en defensa propia; eso sí, antes de continuar, necesito saber si cuento con usted para la operación; una vez dentro ya no podrá salirse.

La última advertencia resultó innecesaria. Además llegaba tarde: desde que había decidido seguir a Cardenal sabía que no había vuelta atrás. Los tipos como Félix, se manchen las manos o manden a que otros se las manchen por ellos, no dejan rehenes. Lo que no sabía entonces era qué relación podía haber entre las malas compañías de Álvaro y la muerte de su madre, a ver si me estaba metiendo en un charco para nada.

Félix abrió el cajón del escritorio sin dejar de mirarme. Sacó un móvil. Me lo entregó junto con un cargador de batería. Sus instrucciones fueron categóricas. Por nada del mundo debía estar apagado o fuera de cobertura. Nunca. Ellos me llamarían. Yo debería dejar sonar tres veces la llamada y responder. Era la señal. Si no respondía (le importaba un huevo que estuviera en la ducha o en un ascensor) deduciría que yo había roto mi parte del trato. Y pasaría de amigo a enemigo inmediatamente. ¿Lo entendía yo? Perfecto entonces. En veinticuatro horas recibiría las primeras órdenes.

Llevaba en la lengua sabor a arena al salir de allí. Sudaba. Tenía la sensación de haberme metido en la boca más de lo que era capaz de masticar. Las palabras tranquilizadoras de Álvaro Cardenal no me tranquilizaron en absoluto. ¿Cómo se había complicado aquel pobre diablo en un negocio como el de Félix y

Farid? Y lo más importante, ¿qué clase de negocio era aquél? Sólo sabía que tenía sus riesgos. Y en boca de Félix eso era puro pleonasmo. Cuando le pregunté a Cardenal, me dio la callada por respuesta, No seas impaciente, Blanco; todo a su debido tiempo. Otro que se había vuelto tarado de tanto ver películas de gánsteres.

No supe quién acompañaba a quién pero Álvaro y yo anduvimos juntos de vuelta al bar La Meca. Él pensaba regar el trato con una copa. Yo me limité a escoltarlo porque su rumbo me conducía a casa. Me despedí de él en la esquina de Viriato con Guanarteme, frente a un casino para pobres, un tugurio atestado de máquinas tragaperras, loterías a tres euros y grúas de mentirijillas que agarraban al vuelo baratijas tales como muñequitos de trapo, mecheros y paquetes de regaliz. Lo vi bajar la calle, animoso y feliz. Había recuperado el orgullo después de la tremenda bajada de pantalones en el despacho de su jefe. Envidié su capacidad de mudar de color según el entorno. No había un ápice de sonrojo en su actitud. Y eso me hizo compadecerlo. Porque los hombres como Álvaro son los primeros en caer en batalla.

Eché a andar por la calle Guanarteme. Pensaba en los últimos acontecimientos. Calibré la dimensión del charco que acababa de pisar. ¿Hasta qué punto tenía que ver la cueva de Alí Babá con Andrea Mérida? Crucé con el semáforo en rojo, en el paso de Olof Palme. Un coche me pitó con insistencia y me devolvió a la realidad. Tampoco era para tanto, coño. Al fin y al cabo, habíamos tenido tiempo de pasar sin peligro. No obstante, el conductor siguió dando bocinazos. Me giré para verle la cara a aquel energúmeno y comprendí que su cabreo no iba conmigo. A mí me había divisado desde lejos. En quien no reparó fue en el otro tipo que surgió de entre dos coches aparcados. Casi se lo lleva por delante. El conductor dio un frenazo estrepitoso que dejó un olor a petróleo y goma quemada. Discutió con el peatón atolondrado. Y siguieron ambos su camino.

Yo continué hasta la plaza de la Victoria. Saludé a Nadia, la camarera puertorriqueña y sonriente de *La Géiser*, un bar al que voy con frecuencia a leer el periódico. Le pedí a Nadia que me dejara entrar en el baño. La entrevista con Félix me había puesto nervioso, y a mí los nervios me dan por mear. Al salir, había un hombre en la puerta de la farmacia de al lado. Miraba el escaparate con vano fingimiento. Hubiera pasado desapercibido de no ser porque era el mismo tipo a quien habían estado a punto de atropellar en Guanarteme. Así pues llevaba un perro pegado al culo. No sé de qué me extrañaba. Yo, en la piel de Félix, hubiera hecho lo mismo: desconfiar. Y eso sólo podía suponer una cosa: que la *operación* (las palabras del moro Muza rechinaban a película mala) era ambiciosa. Mucho dinero en juego y mucho riesgo.

Apremiaba deshacerme del bardino. No me gusta sentirme vigilado. Va en contra de mis preceptos religiosos. El mercado central estaba a punto de cerrar y era el lugar perfecto (gente, tumulto, prisas) para desembarazarme del sicario de Félix. Aceleré la marcha. Atravesé Mesa y López. Giré por Galicia hasta el hotel Fataga. Aguanté a que el semáforo se pusiera en verde. El bardino seguía allí, en la acera de Néstor de la Torre. No tuve más que aguantar. Y llegó la ocasión en que su calle se llenó de coches y la mía se libró. Entonces crucé. El sicario intentó seguirme pero, como era de esperar, se lo impidió la maraña del tráfico. Cuando mi perseguidor llegara a la puerta principal del mercado, yo ya estaría saliendo por la trasera, la de la churrería. Allí daría la vuelta a la manzana y cogería un taxi.

Diez minutos después, camino de mi despacho, sonó un móvil. El primer pitido creí que era del taxista. En el segundo descubrí que no. Alcancé al tercero por los pelos. Reconocí la voz de Félix pero no adiviné ninguna emoción. Puede que estuviera disgustado, puede que divertido. Lo único cierto era que le gustaba llevar siempre el control de la situación. Como buen tramposo, desconfiaba de la suerte y de los tipos listos. Luego de elogiar con chirriante sarcasmo mi capacidad de escabullirme, habló de las virtudes del trabajo en equipo. Justificó a Ahmed, el esbirro. Su intención no había sido acecharme sino protegerme. Lo entendí.

Pero también quise que él me entendiera a mí. Cuando hubiera que actuar me tendría a sus órdenes. Y trabajaría con quien me tocara. Pero en mi vida privada yo iba de por libre. Demasiados años a mi aire para necesitar escolta a esas alturas. Quise satisfacerlo. Insistí (a todas estas, los ojos del taxista no perdían ripio de la conversación): estaría preparado cuando me necesitara. Pero no antes. No era nada personal. Podía llamarlo *principios*. Félix estuvo de acuerdo. Con un matiz. Le parecía muy bien que quisiera salvaguardar mi intimidad. La discreción era importante. Y los principios más. Decían mucho en mi favor. El matiz ya no resultó tan halagüeño. Antes de despedirse, el moro Muza me advirtió de una cosa: en su organización *nadie* tenía vida privada.

Lo primero que hice al llegar a la oficina fue llamar a Álvarez. Lo del lobo solitario estaba bien para fardar delante de un mafioso pero no valía la pena jugarse el pellejo así como así, por amor al arte. Le conté al inspector mi visita a Álvaro Cardenal y mi encuentro con sus amigos en el apartamento de Guanarteme. Le describí como Dios me dio a entender la casa de Félix. Los adornos suntuosos. El exceso de ostentación en los tapices persas y en los guardaespaldas. Gervasio Álvarez me pidió un minuto para consultar su ordenador, Repíteme la dirección de ese apartamento; ajá, tercero izquierda; ¿y dices que había, además del jefe, dos árabes y un canario?; ah, que el segundo árabe no estaba en el piso, sino que apareció después; correcto, espera un segundo; ¿tienes fax ahí?; vale, pues te mando media docena de fotos a ver si reconoces a alguien.

La máquina vomitó, uno tras otro, seis rostros deplorables, angulosos, siniestros. Los patibularios venían de frente y de perfil para que no se perdiera ni un detalle. Un rasgo común a todos ellos era la mirada torva, despectiva, de auténtico perdonavidas. Tuvimos la mitad de la suerte, que no es poco: ninguno de ellos, claro, era Félix, el hombre discreto; pero al segundo, al cuarto y al quinto sí los reconocí. A los demás no los había visto en mi vida. Bramó un teléfono en el despacho. Yo tenía la psicosis del mafioso primerizo. Me tenté la chaqueta buscando el móvil que me habían dado. Me cacheé los bolsillos rezando para que no llegara al tercer timbre.

Era el otro, el mío de verdad, el que sonaba. Álvarez quería sincronizar la información. Le señalé a los tres sicarios. El inspector leyó en voz alta las fichas policiales de Farid Benkiran, Ahmed Kintawi y Carlos Matallana. El último era venezolano, pero de padres canarios, de ahí que el acento pudiera haberme confundido. Los conocían por separado pero, gracias a mi insensatez (¿cómo se me había ocurrido meterme en tal fregado?), empezaban a encajar las piezas. Sí. Había algunas coincidencias: los dos moros eran de Agadir, el otro de Caracas; los tres habían llegado desde El Aaiún en el mismo vuelo, el once de noviembre de dos mil ocho; y todos (incluido Matallana) tenían la misma ocupación, la de comerciantes de pieles.

¿Peleteros? Sí. Según los documentos se dedicaban a traer chaquetas de ante y cazadoras, carteras y bolsos de cuero y a venderlos en las tiendas de marroquinería, sobre todo las del sur de la isla. Sus clientes eran chinos e hindúes de poco olfato (el cuero huele a mierda que tira de culo) y mucho dinero. Un negocio boyante. Y legal.

La siguiente pregunta venía de cajón: ¿si tan legal era el negocio, por qué tenían fichados a los negociantes? Álvarez rumió algo que no entendí. Imaginé que no quería dar demasiada información sobre lo que la policía consideraba o no motivo de sospecha. Sólo atiné a distinguir la palabra *hostigamiento*. Al parecer los dueños de las tiendas se quejaron alguna vez de los malos modos con los que operaban los comerciantes. Y cuando el inspector decía *alguna vez* se refería a una sola. Después, o dejaron de atosigarlos o los tenderos prefirieron pagar la mordida y conservar sus comercios.

El inspector, una vez identificados los sicarios, me echó la bronca que se estaba guardando desde hacía media hora, Te saqué de tu letargo para que me ayudaras en el caso de Andrea Mérida, no para que iniciaras una guerra de bandas por tu cuenta; si vamos a empezar a jugar a Gary Cooper rompemos el trato, ¿me oíste? Le expliqué que estaba equivocado, que yo no tenía intención de iniciar ninguna guerra, que no pensaba enfrentarme *solo ante el peligro* a la mafia mora, que había empezado la investigación por el eslabón que había considerado más débil, el de Álvaro Cardenal, y que una cosa me había llevado a la otra.

No. No tenía ni idea de qué relación podía existir entre ambos casos. Probablemente ninguna. Pero esa pista nos serviría para descartar al pequeño de los Cardenal como asesino o, ¿quién sabía?, para incriminarlo del todo. Porque hasta ese momento se había hablado de acoso y derribo, de mafia y chantaje. Pero ni una palabra de drogas. Y la cocaína, hasta donde sabíamos, era una droga. No teníamos nada que vinculara a la banda de Félix con el crimen.

Sí. Conocía el peligro de dormir con serpientes. De hecho, por eso lo había llamado a él. Para que estuviera alerta. Para que me aconsejara. Para que pusiera nombres a las caras de la hidra, lástima que Félix no estuviera fichado. La explicación pareció contentar a mi amigo. Lo que no le gustó fue lo del móvil. No olía bien eso de o respondes a la tercera llamada o date por jodido. Nada bien. Demasiado amenazador hasta para una banda de mafiosos. A los que hay que asustar es a los otros, no a los colegas. No obstante su preocupación, Álvarez le buscó el lado bueno. Siempre podía ordenar que pincharan mi teléfono y de ese modo estar informado de cada paso que dieran los bandoleros.

Aproveché que el fax estaba en marcha y le mandé la foto del tipo que tanto me había intrigado, el que aparecía en televisión siempre detrás de los hijos de Andrea Mérida. ¿Su abogado? ¿Un periodista? ¿Un policía de paisano? El inspector no necesitó que el aparato escupiera la imagen completa para aclarar mis dudas. No bien apareció la barbilla redondeada y la boca pequeña y recta del desconocido, Álvarez resopló despreciativo, Ni abogado ni periodista ni policía, ¡qué más quisiera él!; éste es Vicente Dorta. ¿Quién es Vicente Dorta? El marido de Sara Cardenal.

A Sara Cardenal no era fácil abordarla. Por las mañanas se la veía salir con un niño de cada mano camino al colegio. Los llevaba casi a rastras, lidiando con la indolencia y el sueño de los chiquillos. Los dejaba en la puerta, con un beso y las últimas recomendaciones. Y se quedaba un rato charlando con las otras madres en un parque cercano donde había un tobogán, unos remos y cuatro bancos de madera bajo los flamboyanos. Aquél era el único momento en que se permitía un cigarro. Se lo *robaba* a una muchacha más joven, más linda, más afortunada que siempre andaba con la matraquilla de que al día siguiente dejaría el vicio. Al día siguiente, sin embargo, volvía a lamentarse de su falta de voluntad y a sacar la pitillera y a ofrecer un cigarro (quizá pretendía amansar la culpa) a las amigas del parque.

Sara Cardenal regresaba a casa siempre por el mismo camino, uno que pasaba por la tienda de aceite y vinagre (Víveres Matías) donde compraba la verdura y la fruta y la carne y los huevos a un precio algo más alto pero donde, cuando la cosa se ponía jodida, le fiaban hasta fin de mes. Por lo que contaba la dueña de la tienda la cosa se ponía jodida cada vez con más frecuencia, sin duda debido (y esto lo decía bajando la voz y arrugando el morro como quien huele mierda) al marido putañero. Según parecía, la afición a las fulanas de Dorta era un secreto a gritos.

Después de hacer la compra, la mujer se encerraba en casa hasta la hora de volver a recoger a los niños. Rara vez salía. Y ahora que su madre había muerto, tenía menos excusas para abandonar su sofá y sus telenovelas y sus galletas de nata. Así que no dejaba ni un hueco por donde meter baza. Incluso investigaron si alimentaba querencia de Internet, apego a los amores virtuales o a juegos de azar. Nada. Por no tener, no tenía ni ordenador. ¿Cómo iba a ahorrar para uno, si el marido se estallaba media paga en el burdel de Pamochamoso? Por ahí iba a ser difícil conseguir información, un motivo, algo que pudiese explicar sin género de dudas qué ganaba Sara con la muerte de su madre.

Y es que Álvarez había hurgado hasta en los colchones de Andrea Mérida en busca de dinero, joyas, títulos de propiedad a su nombre, inversiones bursátiles. Nada. Aun así le pedí que me permitiera visitar su casa. Sólo permanecería allí una hora, dejaría todo tal y como lo hallara y le informaría de cualquier cosa que descubriera. Con esas tres condiciones aceptó mandar aviso al policía de guardia para que me dejara entrar. La mejor hora sería la de la siesta, sobre las tres y media o cuatro, cuando los vecinos estuvieran desprevenidos en sus casas.

Metí en una mochililla la carpeta sobre el caso Mérida y a las cuatro menos cuarto ya estaba en la dirección que me había dado el inspector. Cuando llegué, aún quedaban restos de cianocrilato y polvo de grafito sobre los muebles y las paredes de la casa. La policía científica había efectuado un trabajo exhaustivo en la escena del crimen y en los aledaños: la cocina había sido revisada con escrupulosidad, en la habitación de Andrea Mérida no quedó una cajonera sin abrir, en las otras alcobas se notaba todavía un olor estomagante a química. El policía de la puerta, en cualquier caso, me entregó unos guantes de látex por si tenían que volver a por más huellas. Y, visto lo visto después, fue una magnífica decisión.

La casa tenía una estructura cuadrada y simple. La cocina y el salón, conectados por un brevísimo pasillo, formaban una primera unidad. En medio de ambas estancias se abría un corredor con dos puertas a cada lado: el baño y el cuarto de la madre a la derecha y las habitaciones de los hijos a la izquierda. La más grande de éstas había sido la de los varones (una litera de dos camas, un pupitre de estudio, un viejo cartel original de Jesucristo Superstar); la más pequeña (una camita con una colcha blanca de encaje, un armario con espejo ovalado y un secreter de madera laqueada, más cursi que una pianola), la de Sara. En ninguna había dormido nadie en mucho tiempo. En los roperos aún quedaba ropa de adolescente que a lo mejor la nostalgia de una madre habría impedido retirar.

El problema de examinar la escena de un crimen después de la policía es que lo importante ya no está. Hay que buscar precisamente aquello que falta o, cuando menos, aquello que aparece fuera de sitio. En el silencio de la siesta, sin agentes hurgándolo todo, sin ruidos en los pasillos, intenté reconstruir los últimos momentos de una pobre mujer. Se habría levantado sola como todos los días de su vida de viuda. A pesar de ello, su primer pensamiento habría sido tal vez para sus hijos: ¿Cómo les iría?; ¿Serían felices?; ¿Se acordarían alguna vez de ella? Incauta, sin sospechar nada, se habría puesto la bata, se habría aseado, habría ido a la cocina a calentar el café. Y allí, en aquel sillón, se habría sentado a tomárselo, ajena a su desdicha. Aunque la hubieran alertado, aunque la hubiesen prevenido sobre lo que iba a ocurrir, no lo hubiese creído jamás. ¿Quién y por qué iba a querer asesinarla? Esa misma pregunta me la hacía yo una semana después. Y, cuanto más miraba a mi alrededor, menos sentido le encontraba a aquello.

Empecé por la conjetura más simple: el dinero. Con el desfonde del mercado inmobiliario, la casa en sí no podría tasarse en más de cuarenta mil euros, menos de quince mil por barba. Poco beneficio para tanto riesgo. Luego venían los celos. Pero la muerta era una viuda septuagenaria. Según Álvarez, los hijos no conocían su relación con Gil Varela y éste llevaba una vida más que aceptable con su pensión y su casa propia. ¿Quién iba a tener celos de ella? Por último, estaba la venganza. Tal vez Mérida había cometido una injusticia en el pasado, quizá conocía un oscuro secreto que alguien había decidido silenciar, pero entonces, ¿por qué esa Navidad y no antes?

Necesitaba orinar, aún seguía nervioso. Entré en el baño. Encendí la luz. Levanté la tapa del váter. Y se me quitaron las ganas (los nervios, no) de golpe. Había gotas de orín resecas en la vasija, hilachas amarillentas sobre la loza blanca. En el informe no se decía nada de ello. Y yo no podía creer que a los de la científica se les hubiera pasado por alto un hecho tan grosero, tan obvio. No. Eran demasiado expertos como para escapárseles esas manchas. Así pues sólo quedaban dos opciones: que a alguno de los hombres de Álvarez no se le hubiese ocurrido nada mejor que entrar a mear al baño de la muerta o que otra persona hubiera entrado en la casa, después del registro policial. De Guatemala a Guatepeor. En cualquier caso, alguien la había cagado.

Saqué la carpeta y me senté en el borde de la bañera (no quería acercarme al retrete) a revisar los documentos que el inspector había recopilado para mí. El dossier incluía un montón de fotografías que habían sacado de la escena. Regresé al salón a contrastar, desde los mismos ángulos en que fueron tomadas, las imágenes con la realidad. Había dieciocho fotos de ese cuarto. Me detuve, casi aguantando la respiración, en cada una de ellas. No había cambios. Todo estaba igual al instante en que las habían sacado. En el baño no tuve mejor suerte. Comenzaba a creer que el orín pertenecía a un agente de la policía sin cerebro.

Entré en la alcoba de Andrea Mérida. De allí habían sacado catorce instantáneas. Y, para joder a los supersticiosos, en la trece iba a estar la solución al enigma de la meada misteriosa. En la trece. Era una toma desde la puerta de la habitación mirando hacia la ventana. Debajo de los visillos, corridos para ahuyentar a los fisgones, apoyadas contra la pared, sobre una estera de mimbre marrón, descansaban unas muñecas de porcelana. Parecían niñas muertas y, en verdad, sus ojos de cristal daban pavor. Te miraban como pidiendo auxilio, como si uno pudiera rescatarlas del purgatorio exánime en el que vivían, como si pudiera devolverles la vida. Por un instante recordé mi niñez, cuando leía revistas infantiles cuyas últimas páginas traían pasatiempos y adivinanzas. Había un juego que siempre me gustó: el de las siete diferencias. En dos dibujos aparentemente idénticos alguien ponía o quitaba una flor a un jarrón, un ojal a una chaqueta, una arruga a una cortina. Y había que descubrirlos.

Allí estaba yo con una fotografía y una imagen real en busca de las siete diferencias. Pero no tuvo mérito. No hizo falta ser especialista en aquel juego. La diferencia era tan evidente que me sentí incluso frustrado con el reto. Faltaba una muñeca. Una sola. En su lugar había un vacío chillón y descarado. El resto de la composición estaba igual. El hombre (ya no podía creer en una asesina) que se la había llevado sabía lo que buscaba. Las demás muñecas estaban exactamente en la misma posición de la fotografía. Ni un cambio en sus cabezas ni en sus piernitas ni en sus ojos vidriosos y suplicantes. Pero faltaba una. La penúltima. Una con un vestido azul brillante, de rizos negros y un lunar como una lágrima sobre la nariz.

Una hora y cinco minutos después de haber entrado en casa de Andrea Mérida, me despedí del policía de la puerta. El hombre me miró con algo cercano al desprecio. Sin duda no aprobaba cómo me habían permitido a mí, un detective de pacotilla, inmiscuirme en un caso de asesinato mientras él, un agente con veinte años de servicio, se quedaba con las migajas, custodiando una casa vacía. No pude más que comprender su despecho. Le agradecí la deferencia de haberme abierto y abandoné la casa, el edificio y el barrio con varias ideas, cruzadas como fibras de una colcha, en la cabeza: la muñeca de porcelana desaparecida, los restos de meados del retrete, la red mafiosa de Félix y Álvaro, los motivos por los que Gervasio Álvarez me había rescatado del purgatorio para mandarme al infierno.

Las ideas se entremezclaban con el convencimiento de que todas llevaban al mismo sitio: la muerte de Andrea Mérida. Podía aceptar que el inspector me hubiera pedido ayuda (en verdad, todo sonaba a que el salvador era él) en memoria de mi abuelo. Sin embargo, no sería la primera vez que me implicaba en un caso por puro interés, para desviar la atención de la prensa o porque estuviesen involucrados colegas de la policía. En cuanto a la mafia mora no podía culpar a Álvarez; yo solito me había metido en la mierda. La pista del juguete ofrecía una perspectiva nueva (el asesino había regresado a la escena del crimen), pero también algunos interrogantes. ¿Qué había en la muñeca que tanto deseaba? ¿Por qué no se la había llevado antes?

Como me había advertido el moro Muza, esa noche llegó la llamada. Jueves, cinco. Víspera de Reyes. Eran las nueve menos cuarto y yo andaba asimilando el nuevo orden que había impuesto Gloria en mi propia casa. Es privilegio de las mujeres de la limpieza colocar las cosas donde les nace que deben ir. Y, aunque uno se empecine en llevarlas de nuevo al lugar elegido en un principio, ellas vuelven a mudarlas a su antojo. Estaba reordenando los discos del mueble de la música cuando sonó el primer timbrazo. Por suerte, llevaba el móvil encima y fuera del alcance de Gloria. Al tercero respondí.

Una voz que no conocía me dio órdenes escuetas y simples, posiblemente porque no dominaba el español para más alharacas. A las diez debía estar en la puerta de la base naval. Un coche azul oscuro con dos amigos (lo de *amigos* me puso la piel de gallina) me recogería a esa hora exacta. Retrasarse sería una mala decisión. No. No necesitaba saber más. Entonces me dirían lo que tenía que hacer. Hablaba como si hubiera aprendido español durante interminables noches delante de la tele.

Un hombre precavido, de esos que dicen que valen por dos, hubiera llamado a Gervasio Álvarez para que le ofreciera protección. Pero yo no estaba para precauciones, me sentía medio hombre en busca de su otra mitad.

Aunque no constaba en el contrato, Gloria me había dejado en la mesa de la cocina, en un frutero de cristal que jamás había hospedado fruta alguna, dos manzanas verdes y cuatro mandarinas. Cogí una pieza de cada y me preparé un café. Luego llamé a Beatriz para saber qué tal le había ido el día. Me sentí extraño con aquella llamada. No estaba acostumbrado a interesarme por la vida de nadie que no fuese mi abuelo ni a compartir los acontecimientos de la mía.

Beatriz me puso al día de su jornada de madre, jefa, ex mujer e hija. En todos esos roles adquiría un protagonismo que nunca había pretendido. Sí, desde luego, los hijos eran suyos, no podía echar la culpa a nadie. Y la farmacia también. Y había elegido a aquel mentecato como marido. Pero, ilusa de ella, pensaba que iba a tener más ayuda en la tarea. Que su ex se iba a comportar como un padre de verdad y no como un cabrón deshonesto que la ponía a parir delante de los niños. Y que la farmacia que había adquirido no venía con zánganos en el lote. Y que sus padres no iban a volverse, con el tiempo, sus hijos. Sí. Igual de teclosos, igual de egoístas. Los mismos argumentos que argüía con los chiquillos le servían para los viejos. Pero no quería cansarme con sus penas. ¿Qué tal me había ido a mí?

Yo me sentía, por lo pronto, culpable. Al lado de las suyas, mis responsabilidades eran una majadería. Por supuesto que aparentaban más: una investigación de asesinato suena siempre muy grave, como una llamada a medianoche. Pero la realidad era que yo había apenas empezado a escarbar en el asunto de la mujer muerta. Le conté lo contable: la historia de la muñeca fugada; la de los restos de orina en el baño de Andrea

Mérida; la de la cocaína, tras cuya pista andaban los hombres de Álvarez.

Nada le dije sobre la conspiración mora. No lo hubiera entendido (ni yo lo entendía del todo) y se hubiera angustiado sin necesidad. Me habría largado un discurso sobre lo de meter las narices donde nadie me llamaba y yo no hubiera encontrado ni un solo argumento para rebatírselo. Me supo mal engañarla pero no tenía alternativa. Le comuniqué mi intención de irme a la cama, que la misa estaba dicha y que necesitaba descansar. Ojalá lo hubiera hecho.

Todo Cristo hablaba de la crisis: en los periódicos, en los programas de radio, en las tertulias de las cafeterías, en las guaguas. Te parabas a saludar a un vecino, a una antigua novia, a un viejo profesor del instituto y cada uno de ellos te explicaba con pelos y señales la dimensión de su tragedia, cómo le habían recortado el sueldo, congelado la pensión o ya directamente botado del trabajo, después de veinticinco años en la empresa y sin indemnización. La chinchosa crisis estaba en boca de todos. Sin embargo, en víspera de Reyes había un gentío en las calles que no casaba con tanta queja. La misma persona que un instante antes se lamentaba de su estado entraba en una zapatería a comprarle a su mujer unos Lacoste con pespuntes dorados. El recién despedido llevaba dos bolsas grandes de El Corte Inglés con juguetes para sus sobrinos, un día es un día. En suma, la cigarra cantarina no había aprendido nada y la hormiga seguía siendo una totorota aburrida.

Con la riada de coches, me pregunté si sería capaz de distinguir al que me iba a recoger en la puerta de la Base. Por si acaso, me coloqué en un lugar visible, en el borde de la acera, con las manos cruzadas. A las diez y dos minutos un coche azul oscuro se detuvo en el arcén. El conductor era nuevo para mí: un árabe cincuentón y desaliñado (barba de tres días, pelo grasiento, uñas sucias) de pocas palabras. El otro era Ahmed, el perro bardino. Abrió la portezuela y me cacheó con disimulo. Era de los que creen que el orgullo engorda: no estaba dispuesto a tragárselo así como así. Aún me guardaba lo del mercado. Se le notaba el rencor hasta en la nuca. Tensa, rígida, incómoda.

El coche giró en la rotonda de la base naval y regresó a la Avenida Marítima. Íbamos rumbo al sur. Atravesamos la ciudad en silencio. Había un inmenso atasco debido a las compras de última hora. A la altura de la Fuente Luminosa la cosa mejoró. Los dos hombres intercambiaron un par de frases en su idioma. Supuse que hablaban de mí porque el chófer me escrutó desde el espejo retrovisor y esbozó una media sonrisa burlona. Por los gestos, podían estar hablando de mi valor, de mi capacidad para llevar a cabo el trabajo o del tamaño de mi cuca. En cualquier caso se creían mejores que yo. Su mirada autosuficiente, despectiva hablaba por ellos. Tal vez estuvieran dudando del buen juicio del jefe. Ellos solos se bastaban para lo que fuera que tuviéramos que hacer. No entendían a cuento de qué me necesitaban. Y yo tampoco.

De nuevo se hizo el silencio. El guarro conectó Radio Clásica. Me resultó inaudito, rocambolesco, que a aquel tipo le gustara esa música tan delicada. No obstante, los violines siguieron el curso de la sinfonía número tres de Brahms y el conductor pareció complacido, con sus dedos roñosos repicando sobre el volante. Las luces de la avenida parpadeaban azules. La luna estaba a punto de explotar. En el asiento de atrás hacía frío. Los dos tipos llevaban la ventanilla abierta y el relente de enero se colaba por todos lados. ¿Pretendían poner a prueba mi paciencia o simplemente joderme? Me negué a darles el gusto de protestar. Cerré los ojos y pensé en mi abuelo. El viejo calafate me hubiera dicho que estuviese alerta. Que no me fiara de los moros. Que Brahms y los violines eran un disfraz, pura tramoya. Y que aquellos dos, si no me la jugaban a la entrada, me la jugarían a la salida. Sonó un teléfono. Ahmed respondió. Asintió varias veces. Sin duda Félix quería saber si la cosa estaba yendo como se suponía. Cuando colgó, ya nadie volvió a hablar en todo el viaje.

Nuestro destino resultó ser Meloneras. El bulevar de tiendas y restaurantes de la avenida de la playa. Íbamos a visitar unas cuantas peleterías, de esas que abrían hasta muy tarde para aprovechar la última noche de regalos. Mi trabajo consistiría en recaudar el impuesto revolucionario. En explicarles a los pobres comerciantes, sin alzar la voz para dar más miedo, que más les valía pagar. Y en cobrar la pasta. La prueba me supo a pomelo. Los peleteros me miraban con un revoltijo de soberbia y miedo. Yo era un canalla. Mi jefe era un canalla. Lo que hacía era de canallas. A uno de ellos se le anegaron los ojos en lágrimas a la hora de entregarme el sobre con la mordida. No pude más. Miré atrás. Me aseguré de que los otros dos no me habían seguido para controlarme. Le pregunté al tipo cuánto dinero había en el sobre.

El hombre me escupió, ¿Encima recochineo?; ¿no sabe cuánto vino a robarme? Le respondí que no. Que era mi primer recado. Que no tenía ni idea. El dueño de la peletería, un viejo hindú con el pelo corto y canoso, gafas de pasta gruesa y manos arrugadas, dudó antes de contestar. Quizá pensaba que le estaba tendiendo una trampa o algo así. Al final me dio una cifra: trescientos euros en billetes de cincuenta. Lo mismo que el mes pasado y el anterior. ¿Cuánto llevaba pagado? Más de cuatro mil. Sí. Casi cinco. En junio se rebeló contra los extorsionadores y se negó a pagar más. Dos noches después le rompieron la luna del escaparate y le quemaron media tienda con una bomba casera. Por él hubiera cerrado entonces y lo hubiera mandado todo a la mierda, pero tenía cuatro empleados que vivían del bazar. Empleados con familias, con hipotecas. No. No podía hacerles aquella trastada. De modo que volvió al redil: comprendió que le salían más a cuenta las mordidas que los escarmientos, agachó la cabeza y siguió pagando. Sin embargo, no se iba a bajar del burro, al menos le quedaba el derecho a la pataleta: mi jefe era un rufián y yo también; y mi cara inocente no lo engañaba.

Abandoné la tienda de pieles antes de que me echaran de menos mis compinches. Me subí al coche y le lancé el dinero a Ahmed, sin ocultar mi repugnancia, por encima del asiento. El sobre cayó al suelo entre sus pies. El perro bardino ni se inmutó. Lo recogió con una mano, lo limpió un poco de la suciedad de la alfombrilla y se lo metió en el bolsillo interior de la chaqueta, con las otras *gratificaciones*.

Cogimos la autopista poco antes de las doce. En una hora

habíamos recaudado mil quinientos euros, siempre que todos los sobres contuvieran el mismo pago. Cinco visitas limpias. La sonrisa satisfecha de los moros no hizo más que agudizar mi rabia y mi vergüenza. Aquellos timos no tenían que ver con la muerte de Andrea Mérida. Pero me juré que iba a acabar con ellos aunque me costara un disgusto.

Antes de llegar al aeropuerto ya había trazado un plan. Era arriesgado pero valía la pena. Fingí haberme pensado mejor lo del trabajo. Simulé estar emocionado, de repente, por el éxito de la operación. Incluso entoné en voz alta la melodía que sonaba en Radio Clásica, el «Vals de las Flores», de *El cascanueces*. Había que celebrarlo. Porque mi visita al sur había sido un bautizo en toda regla. Y los bautizos en mi tierra se regaban como Dios manda y el diablo aconseja. Conocía un garito que no cerraba nunca. Servían un ron cojonudo y trabajaban unas chicas guapísimas que quitaban el hipo y que estarían encantadas de recibir a dos galletones como ellos.

Ahmed se removió en su asiento. Sus instintos podían pasar por alto lo del ron pero lo de las mujeres era otra cosa. Le tradujo a su colega mi propuesta. Los ojos del chófer centellearon de un modo lascivo. ¿Cómo de guapas eran las muchachas? Mucho. ¿Flacas y rubias, de esas que se transparentan? Ni hablar. Morenas y con las tetas gordas. Mejor: las flacas no hacen buena sopa. Mientras se lo pensaban, mientras se maceraban en su propia lujuria a cuenta de huríes hermosas y placeres sin límites, marqué el número de Álvarez. Escondí el móvil debajo del muslo para que no se oyera la voz del inspector. Cuando estuve seguro de que mi amigo escuchaba la conversación le di al conductor la dirección del burdel de Pamochamoso que tanta desgracia le había traído a Sara Cardenal. Sería solo un rato, un rato muy agradable. Luego iríamos a rendirle cuentas a Félix. Salvo que…

Estaban sonrientes y yo con ganas de jeringarles la sonrisa estúpida. Salvo que…, claro, le tuvieran miedo al jefe. Di en el blanco. Ellos no tenían miedo a nada, por eso se dedicaban a lo que se dedicaban. Se jactaron de sus *hazañas*, ¿o quién creía yo que había quemado la tienda del hindú? Presumieron, bravucones, de dos o tres salvajadas, incluida la de rajarle la cara a una dependienta que los había mirado mal. Ni de coña le tenían miedo a nada ni a nadie. Y para demostrarlo iban a acompañarme a Pamochamoso. Se follarían a un par de putas. Y luego le llevarían el dinero recaudado al jefe. Yo entendí entonces para qué me había contratado Félix: para evitar los excesos de aquellas dos bestias; una cara nueva, del país, rebajaría la tensión en el sur. Lo entendí y recé para que Álvarez estuviera tomando buena cuenta de todo.

Marlene estaba apoyada con desparpajo en el quicio de la ventana. Mostraba lo mejor de la mercancía como un frutero hubiera colocado las manzanas más rojas y bruñidas en lo alto del puesto. Su sonrisa querendona y un escote ostentoso daban la bienvenida al burdel. Una hucha. De haber tenido dos copas encima y ganas de guasa, le hubiera metido un euro en la alcancía de sus tetas. Cuando entramos (como para gustos se inventaron los colores), lo que a mí me resultaba procaz y estridente, a los moros les pareció el paraíso: los ojos se les iban a la carne con apetito.

De noche todas las casas de putas son pardas y aquélla no iba a ser una excepción. Olía a jazmín ajado, a flores marchitas con un poso de tabaco y sexo acelerado. Sentada en una poltrona estampada de beige, con una revista de moda en el regazo como si fuera un gato, doña Carmen, Menchu, la dueña del lupanar, sacó a pasear su acento gitano y pizpireta. Marlene y Constanza, la otra colombianita que había venido a reforzar una plantilla de tercera regional, vinieron a por mí. No porque yo sea un adonis, un regalo de la naturaleza. Resultó que eran unas racistas del coño. Sí. Sólo del coño. Los moros les daban repelús. Se sintieron defraudadas, para mí que confusas, cuando les expliqué que yo no tenía intención de catar la mercancía. Eran los otros los que traían hambre atrasada. A mí me bastaba con echarme una copa que apagara la afrenta de lo que había ocurrido en el sur. Marlene intentó convencerme con argumentos más que sólidos para que entrara con ella en la habitación roja, la más grande, una con una cama redonda.

Lo sentí de veras. Le revelé el secreto de la felicidad: eran los otros los que tenían dinero. Yo sólo los escoltaba por si venían los de inmigración. Constanza dio un respingo, ¿Inmigración? La sosegué con una sonrisa plácida, Es broma, mujer, ¿quién va a venir aquí a hacer una redada?; ¿acaso venden drogas ustedes?; ¿hay alguna menor de edad?; pues, entonces, ¿qué me estás contando? Los sicarios se impacientaban con tanta cháchara. Habían ido a follar y allí nadie parecía estar por la labor. Su impaciencia engordó el precio. Cien euros, les dijeron con la esperanza de ahuyentarlos. Cien euros. Por adelantado.

Recordé que al marido de Sara Cardenal le pedían ochenta y me dio lástima por ellas: por las putas pero también por Sara. A los moros no les pareció mal negocio. Asintieron. Sonrieron. Casi babearon al imaginarse a las dos mulatitas en la cama. Ahmed sacó uno de los sobres de la recaudación y le puso cuatro billetes de cincuenta en el escote con una risita asquerosa que me produjo náuseas. Las mujeres miraron a la jefa. Se miraron entre ellas con estoicismo. Y acabaron por aceptar su destino. Los vi perderse a todos por la *gruta del amor* mientras yo me quedaba en el saloncito, triste y desangelado sin la presencia de las colombianas, con doña Carmen. Doña Carmen, zalamera y risueña, decidida y pícara, pero a quien ya se le había pasado largamente el arroz.

La doña lo intentó una y otra vez. Con un guiño socarrón, con un contoneo, con un reto. Hasta con una oferta especial: lo que le habían cobrado de más a los moros me lo descontaba a mí. Pero yo no podía con aquello. Puede que sea racista del coño yo también. Y es que andaba nervioso, mirando el reloj a cada rato, a la espera de ver aparecer por la puerta a Álvarez con sus hombres. Pero no ocurrió nada. Los moros salieron a la hora. El chófer aún se abotonaba la bragueta de los pantalones. Venían cabreados: les habían obligado a ducharse antes, normas de la casa.

Tenían prisa por irse. Demasiada. El polvo debería haberlos ablandado y, sin embargo, allí estaban inquietos, con la mirada revuelta. ¿Miedo, acaso, a la bronca del jefe? No. No era eso. Intuí que algo había ocurrido en la habitación roja con la cama redonda. Y el hecho de que las colombianas no aparecieran resultaba mal presagio. Intenté pasar adentro pero el chófer me lo impidió. Le dije a Ahmed que, si no quería que le meara el coche, convenía que me dejase entrar en el baño. El bardino respondió que meara en la calle, que sobraban farolas en Pamochamoso. Sin cambiar de tono para no provocarlo, insistí en que yo no era un perro y no orinaba en las farolas. Antes de que pudiera volver a negarme el paso, un grito, el de Marlene, vino a helarnos la sangre. Y, cuando todo estaba a punto de irse al carajo (el chófer había sacado un arma y Menchu no paraba de pedir socorro), llegó el séptimo de caballería al burdel.

A la primera patada, la puerta se desplomó. Dos, tres, cuatro bultos oscuros entraron por el hueco abierto, al grito de Alto, policía. Detrás de ellos venía Gervasio Álvarez con el arma en la mano y un chaleco antibalas en la pechera. Nunca lo había visto vestido de asalto. Me recordó a una de esas películas policíacas. Demasiado, tal vez, para una casa de putas. Decidí relajarme, si ya habían llegado los defensores de la ley, qué iba a temer yo. Grave error por mi parte. Lo siguiente me pilló desprevenido: un brazo rocoso que olía a pachulí jugó a hacerse bufanda en mi cuello; un objeto frío y metálico casi me salta un ojo. El chófer me había puesto su pistola en la cabeza. Me estaba usando de escudo, de chaleco antibalas, de rehén. Ahmed había hecho lo mismo con la doña, sólo que a ella, además, le había tapado la boca con su mano áspera para que dejara de gritar.

La escena se detuvo unos instantes en los que nadie sabía muy bien qué hacer. Álvarez ordenó a sus hombres que mantuvieran la calma. Nada de disparos: aquello podía desmandarse y convertirse en una escabechina. Los moros iban, mientras, reculando despacio hacia la entrada de la galería. La doña y yo estábamos jodidos. Si alguien (me daba igual que fuese indio o vaquero) decidía hacerse el héroe, los primeros en caer seríamos nosotros. Pensé en lo irónico que resultaba todo aquello: hacía un instante me había negado a acostarme con la gitana y ahora podía tocarme morir a su lado. Eros y Tánatos estarían descojonándose de risa. El amor y la muerte de nuevo reunidos.

Pero no nos tocaba. Al menos no esa noche de enero. Gracias a dos putas morenas, entradas en carnes y sobre todo cabreadas. A dos mujeres que no iban a dejar escapar la ocasión de vengarse de sus violadores (los cabrones las habían maltratado, se las habían tirado y les habían robado los doscientos euros para que el jefe no se mosqueara; al final, cobardes, sí que le tenían miedo a Félix). A dos heroínas que llegaron por detrás y, de un modo acompasado (a la de una, a la de dos y a la de tres), les rompieron la cabeza a los moros con la pareja de lámparas de hierro que decoraba la alcoba roja con la cama redonda.

No todo podía salir a la perfección. Había jugado demasiado con fuego como para no chamuscarme aunque fuese un poquito. Ahmed cayó en redondo, como un saco de papas, arrastrando a doña Carmen, que quedó despatarrada, pero ilesa, sobre el moro. No obstante, el chófer (más bruto, la cabeza más dura que la de su colega) tuvo tiempo de disparar la pistola antes de perder el conocimiento. La bala acabó incrustada en la pared de la ventana, a dos centímetros de un cuadro de san Pancracio feo como un purgante, la afición de las putas a los santos es algo que nadie ha sabido explicarme nunca. Pero antes de todo eso, el proyectil atravesó limpiamente mi brazo derecho y me abrió un boquete del tamaño de un pulgar que comenzó a sangrar de un modo escandaloso.

Mientras alguien taponaba la herida con un trapo, vino el sermón perretoso de Álvarez, Mira que te dije que te centraras en Andrea Mérida, coño; ¿a ti qué se te perdió en este fregado de marroquíes y putas? Cierto. Nada se me había perdido. Pero una investigación (y el inspector debería saberlo mejor que nadie) es como una muñeca rusa: uno abre la primera y no sabe cuántas hay debajo. A mí me salió una tropa de moros como me hubiera podido salir un ayuntamiento corrupto o un cargamento de drogas en el muelle de Santa Catalina. De hecho, con todo eso y más me había encontrado en anteriores casos. Ahora habían sido los extorsionadores y tenía que apencar con ello. Sí. Por supuesto. Era muy consciente de que me estaba fraguando enemigos a machamartillo. Pero, qué quería Álvarez, las tortillas no se hacen sin romper los huevos.

El símil me estalló en la boca antes de acabar de formularlo. La respuesta del inspector estaba cantada. Eran mis huevos, sí, los que estaban en peligro. Pero ya nos preocuparíamos de ellos más adelante. Ahora correspondía desmontar la trama de los moros. Reunir a los dos secuaces con su jefe en la casa de Guanarteme. Hacerles escuchar la grabación en la que confesaban sus fechorías. Exponerles los hechos de la casa de putas. Y encerrarlos en el calabozo hasta que el juez decidiera qué hacer con ellos.

Mi amigo me corrigió. El cuento sonaba lindo pero había empezado a contarlo a lo Juan Rulfo, por el final: lo del juez venía antes que todo lo demás. Exactamente. Sin su aprobación no podían entrar en la casa de Félix, a no ser que quisieran joderlo todo. Que luego venía un abogaducho de mierda y lograba anular hasta la prueba más inocente. No. Había que hacer las cosas bien.

Y bien se hicieron. Sólo que, cuando al fin se consiguió la autorización judicial (era noche de Reyes; el magistrado de guardia no estaba donde se suponía que debía estar y su teléfono comunicaba hasta el hastío), en la casa de Guanarteme no quedaba ni el gato. Nuestro hombre se había olido algo raro con tanto silencio. Nos había llamado a Ahmed, al chófer y a mí sin obtener respuesta. Y se había escurrido por alguna trampilla. Por fortuna, con las prisas, había dejado el apartamento lleno de pruebas suficientes para implicarlos en varios delitos y reconocer a todos los delincuentes.

El médico de urgencias pretendió dejarme en observación veinticuatro horas. Si a él le habían jodido esa noche, lejos de sus hijos, a mí que me dieran por culo. Me dio dentera la idea. ¿Estábamos locos o qué? Yo me iba a dormir a casa, con mis propios virus y no con los ajenos que se pillaban en un hospital. El hombre se ofendió. Me aseguró que en su hospital esas cosas jamás pasaban. Que eran leyendas urbanas. Le aclaré que yo era un hombre que creía en leyendas. Ante la imposibilidad de convencerme, me hizo firmar un documento en el que lo exoneraba de cualquier responsabilidad si le ocurría algo a mi brazo. Y, por fin, me dejó marchar con mis únicos regalos de Reyes de ese año: una caja de antibióticos, otra de calmantes y una receta con instrucciones. Los moros permanecerían esa noche esposados a la cama y custodiados por dos policías.

Álvarez me acompañó en su coche. Me ordenó descansar un par de días hasta que la hinchazón y los dolores remitieran. Y ojito porque él no tenía el aguante del médico. Le importaba una vaina que firmara un papel, por él como si se me gangrenaba el brazo. Me iba a estar tranquilito por lo menos hasta el lunes y luego volvería al caso Mérida y (esto lo recalcó levantando el índice) *sólo* al caso Mérida. Nada de meterme en más berenjenales. ¿Qué pasaría ahora con Álvaro Cardenal?

A ése no lo salvaban ni los hombres de Harrelson. Sus huellas también estarían en el piso. Sus malas compañías lo habían jodido. Peor para él. Por quien más lo sentí, sin embargo, fue por las putas. El inspector, luego de mandar salir a todo el mundo del burdel, tuvo un gesto romántico y le dio por jugar a Robin Hood: les devolvió a las colombianas los doscientos euros que les robaron los sicarios e hizo la vista gorda con el altercado. Pero a ellas el susto ya no se lo quitaba nadie. Y, hasta que no se recobraran de los moretones de la cara, también tendrían que cerrar el negocio. Porque, en confianza, si la casa de putas aquella tenía que depender de los encantos de doña Carmen, ni gratis iría la gente allí.

Seguí el consejo de mi amigo a pie juntillas. No tanto por un voto de obediencia del que, por otra parte, carezco desde chico, cuanto por puros sentido común y agotamiento. Me encontraba derrotado. Los calmantes no acababan de cumplir su cometido. Los antibióticos me impedían beber, lo que hubiera sido un buen remedio para la nostalgia. Y no podía sacarme de la cabeza que, acaso por mi culpa, a Álvaro Cardenal y a las colombianas les aguardaba un invierno largo y crudo. Encima el cabrón de Félix se había mandado a mudar.

Pase dos días de la cama al sofá y del sofá a la cama con *El conde de Montecristo* en la mano. Fue lo primero que encontré en el salón y me pareció un buen momento para releer a los clásicos. Desconecté el móvil después de llamar a Inés para contarle lo sucedido en el sur y en el burdel. Mi secretaria se ofreció a traerme un caldito de cilantro que hace su madre y que es capaz de levantar hasta al último muerto de San Lázaro. Me dio vergüenza, sin embargo, confesárselo a Beatriz. No sabía cómo se lo iba a tomar. Y perderme en un laberinto de explicaciones me hubiera agotado. Preferí esperar a tener la cabeza sobre los hombros.

Ocurre que estamos, o eso dicen, en la sociedad de la información y el conocimiento. Y resulta absurdo pretender ocultar según qué noticias. El derecho a informar y a conocer está antes que cualquier otro. Así que los periódicos del sábado (engordados tras el silencio del día de Reyes) daban cuenta sin pudor de la gresca de Pamochamoso. Alrededor de las *dos de la madrugada*. En una casa en la que *supuestamente* se dedicaban a la *prostitución*. La policía había hecho *acto de presencia*. Una *redada*. Delincuentes *de origen magrebí*. Dos *mujeres golpeadas*. *Un herido de bala*. Se desconocía aún la *implicación* del baleado en la escena. *¿Cliente del supuesto burdel? ¿Miembro de la banda? Cincuenta y cinco* años de edad. De nombre *R.B.*

R.B. Reverendo bobilín. La cosa se hubiera quedado en simple anécdota, poco más que un comentario a la hora del café, si no llega a ser por un fotógrafo que pasaba sus noches (incluida aquella noche; menuda mierda de vida) merodeando por el barrio de Arenales, en busca de caras conocidas entre los clientes de las putas. Cuando oyó el estruendo de la casa de Menchu, cargó su cámara y se agazapó detrás de una furgoneta. La imagen que salía en los sucesos estaba tomada de lejos, de espaldas, a traición, pero podía reconocérseme bien la tonsura franciscana heredada de mi padre.

A los dos días, Miguel Moyano no tuvo ninguna duda sobre quién era el tipo al que la policía conducía hasta uno de los coches. No hubiera podido asegurar si lo acompañaban o lo llevaban detenido. Pero sí que acarreaba un vendaje aparatoso en el brazo, tintado con un manchón de sangre roja, casi negra en la noche. Lo comentó con Concha durante el desayuno. Y a media mañana Beatriz Guillén ya tenía información y conocimiento de que el desconocido al que habían herido de bala en la casa de putas era el mismo hombre con el que se había acostado hacía cuatro días, el mismo hombre que le había prometido irse a la cama la noche de la redada, el mismo hombre que llevaba veinticuatro horas sin contestar al teléfono.

Beatriz es una mujer moderna, liberal, independiente. Pero es una mujer. Y había vivido demasiadas amarguras, demasiados engaños para no identificar el sabor de la hiel. Dos horas estuvo debatiéndose entre la furia y el miedo (el periódico hablaba de una herida de bala pero no del calado de la herida) antes de tomar una decisión. A mediodía, después de dejar a los niños con su padre, se presentó en mi casa con una bandeja de dulces y una sonrisa amarga.

Afortunadamente Gloria había convertido el chiquero de mi apartamento en una casa otra vez. Pude recibir a Beatriz en un salón recogido, sobre un sofá presentable sin migas de pan viejo bajo los cojines, ante platos y cubiertos limpios para las milhojas francesas, con música de fondo que no sonara a velatorio. Preparé café (con leche para ella; solo para mí) a fin de acompañar a los dulces. Después de sentarnos y de tranquilizarla acerca de mi salud (había sido apenas una rozadura; la bala no había tocado nada importante), llegó la hora de las explicaciones. De ponerla al día. De dar cuenta de un error. De confesar una insignificante mentira piadosa.

–No soporto las mentiras. Ni piadosas ni impías.

–Lo siento, Beatriz. Intentaba evitarte una preocupación y me salió el tiro (nunca mejor dicho) por la culata.

–Mira, chico, nos conocemos poco aún. De hecho, hace unos cuantos días ni sospechaba que iba a volver a verte. Pero ha ocurrido. Y no puedo evitar preocuparme por la gente que… me importa.

–Lo entiendo. A mí me ocurre igual. Sólo que hasta ahora me importaba una persona: mi abuelo. Nadie más. No estoy acostumbrado a repartir los afectos.

–Pues ya es hora de que te acostumbres. Si quieres que esto funcione, si no se trata de echarme unos polvos y desaparecer, como el chiste del mago, tienes que confiar en mí.

–Y confío, mujer. Si no, no estaría aquí comiendo milhojas y mirándote con miedo.

–¿Miedo?

–Bueno. Miedo es una palabra gruesa. Digamos que con inquietud. Verás. Mis relaciones no han sido lo que se dice un éxito. Breves, tumultuosas, siempre me han dejado un mal sabor de boca. A veces me hacía el fuerte, el tipo duro que puede sobrevivir a un abandono o un fracaso. Pero doler, me han dolido más de lo que me atrevería a confesar.

–Y ¿por qué fracasaron? ¿Te lo has preguntado alguna vez? A lo peor tiene que ver con esa falta de confianza, con esas mentiras piadosas.

–Es probable. Tengo un oficio jodido para compaginarlo con la verdad. No todo el mundo acepta esto de convivir con un tipo al que le disparan en una casa de putas.

–No lo dudo. Pero eso ya lo sabía yo cuando te conocí, no es un cable de última hora. Concha me puso en antecedentes. Me contó un montón de historias sobre tus anteriores casos. Y, por si fuera poco, te he visto desnudo, ¿recuerdas?: Puedes esconder los secretos pero no las cicatrices. Así que aquí estoy, comiendo milhojas y mirándote con miedo... Bueno, con inquietud.

–Gracias.

–¿Gracias? Quítame el don y súbeme el sueldo. No tienes que darlas, totorota. Basta con que confíes en mí.

–De veras que lo hago. Pero si te llego a decir lo de mi viaje al sur con los moros no hubieses pegado ojo en toda la noche. Y no quiero eso para ti.

–Mira. Tengo un ex marido que no hace más que tocar las narices, dos hijos lindísimos pero que dan más lata que yo qué sé, unos padres a los que ya empieza a encendérseles el piloto de la gasolina. He aprendido a dormir a pierna suelta. De lo contrario, me volvería loca de remate.

–Precisamente por eso. Se supone que un amante, un novio, un cómplice (no me habitúo a llamarlo de ninguna manera) ha de ser un escape, un alivio, la solución y no un problema más.

–Definitivamente, me gusta lo de cómplice. Pero tú no eres un problema más. Ni por tu forma de ser ni por el trabajo que tienes. Esto es lo que eres y lo que haces. Y yo lo sabía desde el principio. Si alguna vez no quieres o no puedes contarme algo, simplemente no lo hagas. Cállatelo. Habla del tiempo, de fútbol, de política. Pero no me mientas. Eso sí que me supone un problema. Me desconcierta. Ya no quiero más mentiras en mi vida.

–De acuerdo. Te lo prometo.

–Bien. Y, ya de paso, prométeme también que no volverán a pegarte un tiro en una casa de putas.

Beatriz debía regresar a por sus hijos antes de las cinco. Se me hizo muy corto el amor y muy largo el olvido. Nos dio para hablar del tiempo, de fútbol y de política con la verdad por delante. Y para un par de besos que me duraron en la boca todo el fin de semana. También me dejó unos calmantes algo más fuertes que los del médico de guardia, Te ayudarán a dormir esta noche; pero no se te ocurra tomarte ni una cerveza, porque te quedas KO.

Cené el tumbo que quedó del caldo de cilantro y me fui a la cama con Alejandro Dumas. Dormí como un tronco, era cierta la reputación del nuevo calmante. A las nueve me despertó la radio. Una ola de frío siberiano estaba dejando media Península incomunicada. Me sentí afortunado allí, debajo de mi edredón, calentito, con un libro sobre la mesilla de noche. Como la dicha nunca dura en casa del pobre, tuve que levantarme a orinar. El medicamento debía de ser muy fuerte a tenor del color y el olor de la meada. Regresé a la cama con Edmundo Dantés. Encendí el teléfono móvil por si llamaba alguien, no quería más preocupados revoloteando alrededor.

Y llamaron. Pero no un preocupado por mi salud sino uno que quería amenazarla del todo. Había que reconocerle a Félix su flema. Estaba malhumorado aunque su voz no se alteró en ningún momento. Pretendía dejar claras, con sus erres de ametralladora, un par de cosas: una, que yo no me percataba de a quién se la había jugado; y dos, que mi vida iba a ser un infierno a partir de ese día. Yo reaccioné más por instinto que por convencimiento. No había sido mi culpa que sus hombres hubieran pretendido robarles a unas pobres fulanas. Si hubiesen sido más listos y más honestos de cintura para abajo nada hubiera sucedido y ahora estaríamos todos felices y contentos: él con su dinero, sus secuaces con su polvo, las colombianas con su burdel y yo con mi brazo indemne. Pero no, coño. Habían tenido que golpear a las chicas y robarles el dinero. Doscientos míseros euros.

El moro Muza guardó silencio un segundo. Pensé que quizá estaba reconsiderando su amenaza. Nada más lejos. Lo que buscaba eran las palabras adecuadas para respaldarla. Mi exposición de los hechos hubiera sido de libro, más que aceptable, si no llega a ser por el inesperado asalto de la policía. En España tardan un huevo en acudir a una llamada de socorro: él lo sabía bien, con ello contaba muchas veces para sus *negocios*. Sin embargo, la noche de las putas los polis aparecieron a los dos minutos y armados hasta las pestañas. No. Ni hablar. Aquello había sido una encerrona en toda regla. Alguien los había alertado. Y Félix no alcanzaba a comprender cómo ni cuándo, pero intuía quién.

¿No se le había ocurrido pensar que la redada fuera contra otra banda? Arenales (desde Pamochamoso hasta Paseo de Lugo) tiene más casas de putas que baldosas. ¿Quién no nos decía que los polis estaban siguiendo otra pista y fueron los gritos de la doña del burdel lo que los puso en alerta? Félix volvió a su mutismo de enterrador. Pero en esta ocasión para coger carrerilla y sentenciarme. Había sido yo. No lo engañaba. Había sido yo y lo iba a lamentar.

Pensé en el miedo. Cuando colgué me quedé un rato en la cama mirando al techo, a unas manchas grisáceas, diminutas que fanfarroneaban de humedad. Pensé en el miedo y recordé al viejo peletero indio del sur, cómo intentaba mantener la dignidad incluso mientras pagaba el chantaje. Él aguantaba por sus empleados. Yo lo iba a hacer por él. Al carajo con Félix y su banda de cuatreros. Si querían jarana, los estaría esperando.

Los periódicos continuaban hablando de la crisis. De la guerra entre los partidos por convencernos de quién tenía mejores soluciones. Se notaba a la legua que ninguno sabía ni cómo empezar a atajar la sangría de puestos de trabajo que se estaban yendo por el sumidero. De Andrea Mérida, sin embargo, sólo unas líneas para no decir nada nuevo bajo el sol. No compensaba la noticia. Su historia no valía ni la tinta de impresión. A nadie le interesaba si la habían matado por amor, por venganza, por codicia, por celos. Si tenía algún sueño por cumplir. Si alguien la había querido de verdad. Si la habían besado últimamente. Inés había hablado de sexo. Seguro que a los periodistas les hubiera encantado destapar alguna pamplina así de escabrosa. ¿Tenía un amante la vieja? ¿A su edad? Qué desfachatez. Hubieran corrompido hasta la última gota de su amor, de su cariño, de su deseo. Mejor así. Mejor que no hablaran de ella. Mejor que la dejaran descansar en paz.

Pero no estaba en paz. No lo estaría hasta que descubriésemos quién la había matado. Y eso era lo que me importaba (me ofendía, me dolía) a mí: devolverle la paz a una muerta y el dinero a un viejo vendedor de pieles lleno de dignidad. De modo que no podía pensar en mi propio miedo. Al carajo con Félix y su caterva de facinerosos.

Al día siguiente, me cité con Álvarez para almorzar en el

Deenfrente, el bar al que acude el inspector a comer cuando está de servicio. Ante un menú frugal (crema de zanahorias y tartar de pez espada), sincronizamos nuestros apuntes. La coca era muy fácil de conseguir y muy difícil de rastrear, hubiera sido de locos perseguir esa liebre. Lo importante era que fuera quien fuese el que lo puso en el café de Andrea Mérida conocía las consecuencias que su acto iba a provocar. Y eso reducía el número de sospechosos a una media docena, aquellos que sabían de los problemas cardíacos de la vieja: los hijos, sus familias, Gil Varela y tal vez la vecina que cosía con ella. Pudiera ser aun que Álvaro Cardenal lo hubiese comentado con los moros pero allí, por lo que vislumbrábamos, no había mucho que rascar para extorsionadores sin escrúpulos. Estaban también analizando la meada, pero eso tardaría su tiempo. Álvarez se mofó de los incautos que veían CSI y creían que un análisis de ADN se realizaba en un cuarto de hora. Le había dado prioridad al asunto y desde el laboratorio le dijeron que esperase sentado, que ni harto de ron iba a tener los resultados antes de cinco días.

Al inspector se lo llevaban los demonios cuando hablamos del robo de la muñeca. Había citado a quienes estuvieron de guardia ante la casa de Mérida. Los había puesto de pie frente a su mesa, como en un pelotón de fusilamiento pero al revés, con un único artillero. Y les había echado una bulla de aquí te espero. Porque durante la ronda de uno de ellos (cuatro en total: tres hombres y una mujer) alguien se había saltado el control, había echado una meada, que era como decir que se había meado en todo el cuerpo de policía, y había arramblado con una prueba de enorme valor para el caso. Y tarde o temprano él,

Gervasio Álvarez, descubriría quién la había cagado. Los cuatro agentes miraron al suelo, abochornados, y callaron. Mejor para ellos porque él, Gervasio Álvarez, ya no aguantaba ni una patraña más.

Ya nada podía hacerse con respecto al robo, de manera que nos concentramos en otra cuestión: ¿por qué una muñeca en concreto? Algo tendrá el agua cuando la bendicen. Debía de haber alguna cosa en aquella (y sólo en aquella) figura de porcelana que la hacía tan preciada. El inspector había ordenado examinar las demás y no habían encontrado más que polvo. Todas huecas. Ni en cabezas ni en cuerpos ni en extremidades se halló otra cosa que no fuera aire. ¿Qué tenía la que se llevaron? Sin duda algo que el asesino ambicionaba o que no quería que los demás tuvieran.

La muerta, que supiéramos, no poseía nada de valor. Su pensión de viudedad no daba para mucho. Las pocas joyas que conservaba estaban en un cofre, sobre el vestidor, y a Álvarez le pareció que el joyero valía más que su contenido. No. Debía de ser algún documento, algún papel, alguna foto comprometedora. El policía había pensado en la muñeca misma, en el valor del juguete en sí. Había llevado los restos de la masacre *porcelánica* a un par de anticuarios, sin resultado alguno. La colección entera quizá podría valer mil o mil quinientos euros tirando por lo alto, pero en momentos de tribulación al revendedor no le hubieran dado más de ochocientos. Y nadie mata por eso, ¿verdad? No. Tenía que ser otra cosa. Y lo único en que podíamos pensar era en un lugar donde esconder la coca.

Me guiaba la costumbre, la rutina cálida y confortable de los últimos veinte o veinticinco años. Muchas tardes, a mitad de una investigación que se atrabancaba, echaba a andar hacia donde mis pasos me condujesen. Solían conducirme siempre al mismo lugar, a La Puntilla, a la esquina de la playa donde mi abuelo trabajaba con sus barcas, a su bar, a su casa.

Esa tarde no iba a ser diferente. Venía pensando en Andrea Mérida, en su edad. Y en mi madre, que ahora tendría la misma edad que ella. Intenté imaginar cómo sería mi madre de vieja y no pude. Lo único bueno de perder a alguien es que el tiempo se detiene en un punto. El recuerdo se ancla en una pose, en un gesto y no hay manera de moverlo. Mi madre tendría siempre cincuenta y seis años. Sería siempre morena. Y, por coquetería, no llevaría gafas.

La última vez que había soñado con ella, me desperté confundido, angustiado. Mi madre, en el sueño, era apenas algo mayor que yo. Me sorprendieron su belleza, su discreción, sus formas delicadas. Incluso fumaba, algo que jamás le había visto hacer en vida. Fumaba y sonreía, presumida, tras la mesa de un restaurante. Por vez primera la vi como mujer, no como madre. Y eso me produjo una congoja que no me pude quitar en mucho tiempo. La eché, la echaba de menos. El asombro y el coraje que me producía la muerte de Andrea Mérida se acrecentaron. Y, aun sabedor de que no conviene descartar ninguna posibilidad cuando de muertes se trata, esa tarde comencé a descontar a Sara, a Tomás y a Álvaro Cardenal de la lista de sospechosos.

Lucía un cielo azul de invierno salpicado aquí y allá de nubes, igual que el techo de mi cuarto con sus mordeduras de humedad. La playa estaba llena de gente. Gente solitaria, parejas, grupos. Gente discordante en color, en edad, en vestimenta (los extranjeros paseaban en pantalón corto y camiseta; los isleños iban abrigados hasta el cuello). El termómetro de la avenida marcaba veinte grados. Para unos era puro verano; para otros hacía un frío infernal.

El portero del casinillo, el local donde Colacho Arteaga jugaba al dominó con sus cofrades, leía el periódico dentro de su cubículo. Por sobre las monturas de sus gafas, me reconoció enseguida. Me ofreció una mano pequeña y temblorosa en señal de duelo, No tuve tiempo de decírselo cuando lo del entierro, pero lo acompaño en el sentimiento; don Nicolás era una de las mejores personas que he conocido. Le agradecí las condolencias. Por supuesto no lo creí. Mi abuelo era un viejo cascarrabias con una mala leche apocalíptica, capaz de desesperar al santo Job cuando algo se le metía entre ceja y ceja.

Subí por las escaleras a la segunda planta, donde estaba el salón en el que los jubilados se entretenían. Había tres mesas montadas: una de dominó, una de zanga y otra de subastado de tres. Al fondo, detrás de la barra del bar, estaba el mismo camarero de toda la vida. Arrastraba los pies al andar, llevaba los faldones de la camisa por fuera del pantalón negro y parecía estar siempre en otro mundo. Los del dominó interrumpieron la partida para saludarme. Servando, uno de los amigos de mi abuelo, se levantó. Le pedí que volviera a su sitio. Le dije que no quería estorbar. Que había ido sólo para saludar, para agradecerles las muestras de afecto, para disculparme por no haber dado señales de vida antes.

Todo eso les daba igual. Lo entendían. Sobraba la disculpa. Eran tiempos duros. Y por la partida no debía preocuparme, acababan de empezarla. Se trataba de la primera batida de la tarde y no tenían reparo en comenzar de nuevo, sobre todo Anselmo, que llevaba cuatro dobles y fallo a cinco y a pitos. Reconocí a tres de los jugadores. Supuse que el cuarto habría llegado nuevo para sustituir a mi abuelo. El hombre, un tipo alto y cejijunto con nariz de boxeador, no me miró a la cara en ningún momento. Se le notaba incómodo, turbado. Como un intruso, un usurpador en la mesa de juego.

Me convidaron a lo que quisiera: una copa, un refresco, un café. Acepté la invitación (un café largo y negro) por no añadir una descortesía a mi lista de agravios. Los animé a que continuaran con su partida. Un par de manos, hasta que diera cuenta del brebaje que sirven en el casinillo. Por mucho azúcar que le eché no mejoró la pócima. Tuve que hacer de tripas corazón para acabar de beberlo. Los de la zanga, entonces, emprendieron una discusión a causa de la mala jugada de alguno de ellos. Los viejos del dominó los miraron de reojo, con evidente envidia. Sin duda les gustaría también entablar una bronca (el sustituto de mi abuelo no era muy hábil con las fichas) pero no querían incomodarme. Antes de que a alguno le diera una apoplejía de tanto contenerse, me despedí.

Al bajar la escalera fui consciente de que no volvería al casinillo. Nunca. Ni yo hubiera podido soportar la ausencia de mi abuelo ni los viejos mi presencia perturbadora. Continué mi camino hacia La Puntilla, sorteando a patinadores y ciclistas que se habían añadido a la resaca de paseantes. Llevaba en el bolsillo las llaves de la casa de Colacho y quería aprovechar que ya estaba en el arado para acabar la zafra.

Aquella vieja casa era ya mía por herencia y, sin embargo, la sentí extraña y ajena. Siempre sería la de Colacho Arteaga. Experimenté una sensación dolorosa y turbia, como la de quien visita un nicho. La casa estaba inmaculada. Gloria seguía yendo una vez por semana a cuidarla. A regar las flores. A pasar el paño del polvo. A abrir las ventanas para que se aventara el olor a cerrado. No tuve arrestos para subir a la segunda planta, donde los recuerdos eran más antiguos, más arrebatados. Ya tendría tiempo para eso cuando el dolor no fuera tan rabioso.

Me limité a pasear por las habitaciones del primer piso. Acaricié los muebles de su alcoba, la colcha de su cama, el retrato de mi madre en el aparador. Olisqueé las calas y las lilas del pasillo. Rectifiqué algunos cuadros que andaban escorados, como mi abuelo, a la derecha. Me serví, a su salud, un trago de whisky de una botella que había en el armario del salón. Me senté a beberlo en el sillón de orejas donde el viejo, por último, me aconsejaba sobre cómo sobrellevar su ausencia. Por supuesto, no me valió ninguno de sus consejos. Sencillamente me negaba a no volver a verlo, con sus dedos entrelazados, filosofando. No sólo no podía. Tampoco quería. Cada aguijonazo de dolor me hacía saber que él estaba allí, que no se había ido nunca y que nunca se iría. Me levanté. En la cocina fregué el vaso, lo sequé y lo coloqué en la alacena junto a sus hermanos. Volví sobre mis pasos. Algo en el salón andaba desencajado, igual que los cuadros, algo que no estaba como la última vez que había visitado la casa. En la mesa había un montoncillo de cartas dirigidas al viejo.

Me sobrepuse al pudor inicial. Me repugnaba andar trasteando en los secretos de un muerto. A él no le hubiera importado. Antes al contrario, se hubiera rebelado ante mi indecisión, me hubiera dado un grito para que espabilase y abriera las cartas. Había recibos de bancos, desalmados, indiferentes ante la muerte. La máquina de saldos e intereses, de impuestos y comisiones no se detenía jamás. Eran cartas antiguas. Imaginé que el albacea de Colacho ya habría hecho las gestiones para cerrar las cuentas y transferirlas a su único heredero: yo. Los números seguían doliéndome. No era merecedor de ese dinero.

Media docena de folletos de publicidad le daba vida a la madera oscura de la mesa: un restaurante de comida rápida, un establecimiento de compraventa de oro, una clínica dental nueva en el barrio, incluso una casa de apuestas. La funeraria también había enviado su informe económico. Descontados los gastos del entierro y la misa funeral, quedaban trescientos veintisiete euros. Trescientas veintisiete esquirlas de cristal, trescientas veintisiete dentelladas clavadas en el pecho.

Aparté de un manotazo el finiquito fúnebre para que salieran a la luz dos notas más. Alguien había enviado una postal de

Navidad. Desde Venezuela. Dirigida a Colacho (no a Nicolás) Arteaga. La remitía una mujer, Elisa Perera, completamente desconocida para mí. Le deseaba a mi abuelo felices fiestas y esperaba que el nuevo año le deparara toda la dicha del mundo. Menuda ironía. Sentí una punzada en el estómago. Respiré hondo. El nuevo año había llegado y Colacho ya no estaba para disfrutar de ninguna dicha. Me guardé la postal en el bolsillo para escribir a Elisa Perera cuando encontrase un hueco libre. Alguien tenía que darle la mala nueva.

La última carta resultó diferente. Hablaba también de dinero pero de otra manera, algo inquietante y furtiva. Se trataba de una empresa de seguros cuyo nombre me era del todo ajeno. Le reclamaba al viejo las tres últimas mensualidades de una póliza que, según el documento, había suscrito quince años antes. Quince años. ¿Un seguro de vida a los ochenta? ¿Qué loco extravagante asume algo así? ¿Y en qué condiciones? Con todo, lo extraño, lo alarmante no era eso.

Eran las formas. Por una parte venía escrita a mano, con una caligrafía pulcra y metódica de copista de libros con manguitos. No traía ningún tipo de identificación fiscal, sólo un membrete tosco, un tampón medio borroso a nombre de Aseguradora Enrique Vidal y Asociados, calle Domingo J. Navarro, 26, bajo izquierda. El propio Enrique Vidal firmaba el escrito. Y en él, aunque no se podía afirmar con certeza, había un velado tono amenazador: «No necesitamos recordarle el acuerdo al que, en su día, llegamos» o «Esperamos resolver este asunto sin necesidad de tener que denunciar nuestro trato».

Quería mostrarle a mi secretaria los progresos que mi brazo

había experimentado desde la última vez. Y la calle Domingo J. Navarro me pillaba de camino al despacho. Podría acercarme antes de ir a ver a Inés. Cogí un taxi en Sagasta y le pedí que me llevara al parque de San Telmo. ¿Por la avenida Marítima, todo recto, para evitar atascos? Eso. Por la avenida, todo recto y a ser posible en silencio. Me dormí en el trayecto, la mezcla de café y whisky obraron un efecto aletargante, como de ponche casero. Tuve un sueño terco. Mi abuelo me insistía en que respondiese a Elisa Perera. Pero nada de lágrimas. Una simple nota para informarle de su muerte. Ella lo entendería. Le pregunté en el sueño lo mismo que le hubiera preguntado de haber podido, ¿Quién es esa señora? Colacho se puso serio, igual que se hubiera puesto en la realidad, ¿A ti qué coño te importa?; no necesitas saberlo para darle la noticia; pero eso sí, que te conozco, sé directo; no quiero patujadas sensibleras; a llorar al cementerio. Lo último que recuerdo fue que dijo algo de que habíamos llegado a nuestro destino. Iba a preguntar qué destino era ése cuando lo repitió con una voz distinta, la voz del taxista, El parque de San Telmo, señor.

Subí andando Domingo J. Navarro con dificultad. Mi brazo empezaba a despertarse. Tal vez a causa de una mala postura en el taxi, tal vez porque los calmantes habían dejado de surtir efecto. Dudé si acercarme a la farmacia de Triana pero decidí seguir el itinerario inicial. Hubiera sido redoblar el esfuerzo y el sufrimiento. Y tampoco quería posponer la visita al asegurador desconocido.

Llegué agotado al despacho de Enrique Vidal. Me ardía el brazo. Llevaba el estómago revuelto y la cabeza embotada. El aspecto de aquella oficina no logró mejorar mi estado de ánimo. Era un cuartucho siniestro, oscuro, diminuto en la primera planta de una casa antigua. Olía a papel mojado y raticida, a clandestinidad. Había una mesa pequeña con un ordenador, una librería de madera, un sillón de guata negra para la espera de los desesperados. Sólo eso. Y un hombre, el tipo con la sonrisa más desconfiada que había visto en mi vida, sentado ante el escritorio. Miraba de soslayo. Permanecía en la sombra, en la esquina del cuarto adonde no llegaba ni la luz de la lámpara ni la de la calle. Manejaba el ratón con la mano derecha, mientras escondía la otra debajo de la mesa. Si Enrique Vidal tenía asociados yo era el príncipe de Gales.

Desde el principio se condujo con cautela, a la defensiva. Por la manera en que respondía a mis preguntas deduje que me había tomado por policía. Insistió, sin que viniera a cuento, en que su empresa era legal. En que tenía hasta el último papel en regla. En que acababa de salvar una auditoría. Magnífico. Bien por Vidal y Asociados. Por mí como si le daban el premio a la excelencia turística.

Eso no se lo dije, desde luego. Sólo lo pensé. Lo que dije fue que no había ido allí a poner en duda su honestidad sino a informarle de que uno de sus asegurados había muerto hacía tres meses. Y esperaba, en justa contraprestación y en calidad de heredero universal de Nicolás Arteaga, que me informara sobre las condiciones de la póliza. El tipo sufrió una convulsión ante lo que acababa de escuchar. Su cuerpo se crispó. Se erizó como si hubiera sentido un escalofrío. Se tomó unos segundos para asimilarlo. ¿O fue para armar una estratagema? Su siguiente movimiento me produjo un escalofrío a mí. Soltó el ratón del ordenador y con esa mano se agarró el otro brazo y lo colocó con brusquedad encima de la mesa. Sonó un *plof* espeluznante, un ruido artificial y gelatinoso. De la manga de su camisa brotaba una mano falsa como moneda de dos caras, una mano postiza y cerosa con las uñas de un marrón que daba dentera. Ya estábamos empatados. A los dos nos habían sorprendido aquella tarde.

Enrique Vidal me pidió unos segundos para encontrar el memorando de mi señor abuelo. Así lo dijo, con esos términos vetustos y pomposos que me dejaron un regusto acre, como de chupar una pila. Se levantó de la mesa y se perdió detrás de una puerta voluminosa cuyos goznes maullaban amargamente. A los tres minutos regresó con una carpeta de cartón en la mano de verdad. Volvió a sentarse. La abrió. Echó un vistazo a su contenido, con cuidado de que yo no pudiera ver ni el color de los papeles. No le di el gusto de interesarme en ellos. Mantuve la mirada fija en sus ojos y en su sonrisa artera. Sin preguntarme nombre ni filiación, quiso saber si llevaba conmigo la copia del contrato. No. En eso no podía complacerlo. De hecho no tenía ni idea de que existiese un contrato hasta esa tarde. Lo único que llevaba encima era la carta que él, Enrique Vidal, le había enviado a mi señor abuelo.

Me la pidió. Le enseñé el sobre en el que venía y volví a guardarlo en el bolsillo interior de mi chaqueta. El tipo sonrió, se aclaró la voz y me expuso la situación: si yo le presentaba la copia del seguro y el certificado de defunción de Colacho, él podría iniciar los trámites para satisfacer la liquidación. Sin eso no podía hacer nada. ¿Quién le garantizaba que yo no era un impostor? ¿Cómo podía saber que no pretendía cobrar la póliza de un modo fraudulento? Le pregunté a cuánto ascendía la famosa póliza. Tal y como supuse, se cerró en banda. No podía hablar de eso. Se trataba de un asunto privado. Es más: aunque quisiera, de verdad no podía dar una cifra exacta. ¿Aproximada? Tampoco aproximada. Las cartas, pues, estaban boca arriba. Y volvíamos a estar empatados. Más que nunca. Porque a él le faltaba su brazo y a mí el mío me quemaba como si lo hubiera metido en aceite hirviendo.

Salí del despacho de Vidal descompuesto y con mal sabor de boca. No tenía fuerzas para pensar en otra cosa que no fuese llegar a la farmacia y conseguir los dichosos calmantes para aplacar el dolor. Por cinco minutos no llegué a tiempo. Cinco minutos. La puerta estaba cerrada. Una muchacha en bata punteaba unas recetas detrás del mostrador. Toqué con los nudillos en el cristal. Le hice señas. La chica se encogió de hombros. Se señaló el reloj de la muñeca. Me lanzó una mirada de lástima. Pero no se apiadó. Tuve que amarrarme las ganas de botar la puerta de cristal a trompadas. Pero no estaba mi brazo para heroicidades ni reivindicaciones.

No podía ir en aquel estado a mi oficina. A Inés le hubiera entrado un ataque de pánico o, aun peor, de rabia por mi negligencia. Telefoneé a Beatriz. Me saltó el buzón de voz. Andaría con el baño y la cena de los niños. Doblé la esquina de Perdomo y me metí en una cafetería. Conseguí un mal café y una buena sonrisa. También una aspirina que la camarera me procuró después de bregar mucho en la trastienda. Yo esperé a que Beatriz viera la llamada y me la devolviera. Pero el dolor no pudo esperar. Lo último que recuerdo fue la cara de susto de la camarera, el techo que se convertía en un cielo marrón y el suelo frío. Después, la oscuridad.

Fue peor el remedio que la enfermedad. El caos se apoderó de aquel rincón del mundo, la esquina de Triana con Perdomo. A un cliente del bar, que me había reconocido, le faltó tiempo para salir en busca de Inés al despacho. Y ella, luego de verme como un pelele, en el suelo, recostado en la pared, con los ojos en blanco, sacó a pasear su genio endemoniado y logró lo que yo no fui capaz: que la farmacéutica abriera la puerta y le despachara un remedio. Cualquier remedio. Le daba lo mismo que lo mismo le daba cómo se llamara, cuánto costara o si necesitaba receta. Si la licenciada López Vizcaíno se atrevía a ponerle una sola pega y a mí me ocurría algo no tendría isla para correr. Por sus muertos que la iba a estar demandando hasta que se le caducaran las aspirinas de aburrimiento.

Todo esto lo supe por Inés, una hora más tarde, en la camilla de urgencias de Santa Catalina, donde me desperté de puro frío. Me habían desnudado de cintura para arriba a fin de explorarme el brazo y, luego, me habían abandonado a un despertar de hielo en un pasillo azul y desabrido. Una urgencia mayor, a vida o muerte, les había llegado a mitad de mi reconocimiento. Y ahí te pudras. Así te quedes manco. La galería me dio grima. Me volvieron las náuseas evocando una tarde de tres meses atrás, con Colacho languideciendo en una camilla igual a la que me soportaba a mí. ¿Por qué hacía tanto frío?

Mi secretaria trataba de acomodar su chaqueta sobre mi cuerpo temblón pero, dados su exiguo tamaño y mi inquietud revoltosa, la prenda se me desmadejaba a cada rato. La vi mover los labios aunque no pude entender lo que intentaba decirme. Un zumbido pelma me rondaba los oídos, igual que si tuviese un mosquito en la oreja. Mi primera reacción fue espantarlo con la mano, lo que me produjo un terrible dolor que vino a recordarme dónde y en qué estado me hallaba.

–Eso, Ricardo, tú sigue con el meneo que aún no estás demasiado maltrecho.

–Creía que los mosquitos odiaban el frío.

–Seguro que sí pero no sé a qué viene eso ahora.

–¿Qué demonios ha pasado?

–Ha pasado que estás tonto. Que te crees James Bond o qué sé yo. Que tenías que estar en casa descansando y no de compras por Triana, joder. Todo eso ha pasado.

–No estaba de compras, mujer. Iba a decirte que ya me encontraba bien para que no te preocuparas pero parece que mi brazo no está de acuerdo conmigo.

–Pues menos mal que no viniste a llorarme tus penas porque, entonces, te me hubieras muerto en los brazos. Coño con tu manía de informarme de todo. Hay cosas que puedo esperar a conocer hasta mañana.

–¿Qué quieres? Eres mi más estrecha colaboradora.

–Vete al carajo. Menudo cursi. Deben de ser los calmantes. Anda, cállate y duerme un poco hasta que te suban a planta.

–¿A planta? Venga ya. Ayúdame a levantarme y a ponerme la ropa.

–Y una porra, cero cero siete. No hay ropa que valga. Se la llevaron. Haberte quedado en casita. Ahora te jodes y te mamas unas noches en la clínica hasta que los médicos digan lo contrario.

–Pero tengo que...

–Tienes que leche. Y como me pringues la chaqueta de sangre con tanto balanceo te doy una entrada de palos que lo menos que te va a doler será ese brazo tuyo, ¿me oyes?

Conocí en pocas horas el cielo y el infierno. Tuve tratos con un ángel y tratos con un demonio: una enfermera talludita que entendía mi dolor y una veinteañera preocupada sólo por el suyo. La luz y la sombra bajo un mismo uniforme. La luz, como era de esperar, llegaba por el día. Se llamaba Alicia e inspiraba una paz contagiosa. Durante mi estancia en la clínica no le vi ni un mal gesto, ni una palabra fuera de lugar. Me mimó como una hermana. ¿Quizá porque, feliz coincidencia, habíamos nacido el mismo día? Gracias a ella el frío y el desánimo se disiparon.

Pero por la noche, a ráfagas fugaces, se cernía la sombra. Su nombre lo he olvidado. Parecía molestarle hasta mi respiración. ¿Quizá porque, casualidad ingrata, le recordaba a un padre cabrón o a un profesor de arte aprovechado? Entraba y salía de la habitación con la mirada hosca. Comprobaba mi herida con garras y no manos. Maldecía su suerte. Dos jornadas de suplicio bastaron para perder la fe en la humanidad.

Sobreviví, no obstante. El miércoles me dieron el alta. Inés vino a recogerme a la puerta de la clínica con un amigo suyo que conducía como un loco por las calles de Ciudad Jardín. Me llevó a casa. Me ayudó a instalarme. Y sólo le faltó meterme en la cama con una taza de leche caliente y miel. Me hizo prometerle que no me movería hasta nueva orden. Le respondí con una voz tan débil que no parecía mía, ¿Adónde quieres que vaya con esta facha? Ella sonrió, malévola, Es cierto; pareces un mindundi, pero te lo tienes merecido por hacerte el héroe.

Aquel día me harté de ver documentales de bichos y de escuchar las mismas noticias una y otra vez en el canal internacional. Al final, en un duermevela estrambótico producto de la fiebre que aún no me había abandonado, los ministros mostraban una sonrisa repugnante y las hienas explicaban ante los micrófonos las medidas para paliar la crisis. Antes de volverme chiflado, apagué el televisor y regresé a *El conde de Montecristo.* Pero me sentía tan exhausto que ni Edmundo Dantés consiguió mantenerme consciente.

Me despertó un ruido sordo en el pasillo. Alguien había entrado en casa. Escuché unas pisadas, el correr de unas cortinas, el susurro apagado de dos voces informes. ¿Félix? ¿Tan pronto me habían encontrado sus hombres? ¿Tan extensos eran sus tentáculos? Me levanté despacio. Anduve de puntillas. El suelo estaba helado. Me di cuenta de que estaba desnudo sólo cuando llegué a la puerta de la alcoba y apoyé la espalda en la pared. Busqué algo de ropa pero no había ni una mísera camiseta a la vista. Abrir el ropero hubiera supuesto demasiado esfuerzo y mucha bulla. No. Me mantuve en silencio y esperé. Las voces se habían instalado en la cocina. Salí al salón. Me miré las manos vacías. ¿Con qué me iba a enfrentar al enemigo? Una lámpara de pie de bronce me guiñó el ojo desde la mesilla. La cogí con cuidado. Con cuidado le arranqué la tulipa y el cable. Con cuidado caminé, apoyando en el suelo apenas las puntas de los dedos. Buscaba la sorpresa. Y vaya si la encontré.

Sus caras reflejaron un desconcierto abrumador. Sus ojos no supieron qué decir al verme aparecer desnudo, con el brazo en cabestrillo y lo que quedaba de la lámpara en la mano buena. Beatriz y Gloria no sabían adónde mirar. Notaba sus pupilas zigzagueantes, fijas ahora en mi brazo, ahora en la lámpara, ahora en mi cuca. Al menos esa mañana no me había despertado con una erección. Intenté romper la tirantez con garbo, Buenos días, ¿hay café?

Gloria me siguió el juego, desviando la mirada, Buenos días; estábamos en ello, Ricardo. Beatriz mantuvo el tipo, ¿Buenos días?; andaaaa, vuelve a la cama, Aladino, que te lo llevo ahora. De regreso a la habitación no logré definir si me dolía más el cuerpo o el orgullo: el hombro quería salírseme de su sitio; las risas de las mujeres se salían sin pudor de la cocina. Cojonudo. Empezábamos bien la recuperación.

Según Álvarez, aquel caso se había convertido en un cónclave de embusteros. A medida que iba citándose con los hijos de Mérida (llevaba dos semanas en un tira y afloja estomagante con ellos), fue comprendiendo que todos tenían algo que ocultar: Álvaro, su relación con la banda de extorsionadores; Sara, las desavenencias con su marido putañero; Tomás, su mal olor y algunos problemas con su administración de lotería. Eran mentiras burdas, fáciles de desmontar, inocuas si no fuera por lo que se jugaba. Pero los tipos resultaron ser más resbaladizos que una anguila.

La conexión del benjamín con Félix y sus moros estaba documentada con vídeos y fotografías: a Álvaro le quedaba mucho por cantar antes de que el juez decidiera olvidarse de su cara. La afición de Vicente Dorta a las fulanas de Pamochamoso no tenía secretos. Y para conocer el alcance de los problemas de Tomás Cardenal no había más que preguntar a sus proveedores. Los tres argüían que no tenían por qué rendir cuentas de amistades, matrimonios o negocios. Que eran asuntos privados. Que no infringían ninguna ley. Y, hasta que no se aclarara la participación de Álvaro Cardenal en las fechorías de los moros, los tres tenían razón. Además, ¿qué eran esas menudencias al lado de un asesinato? ¿Acaso tenía Álvarez alguna prueba contra ellos? ¿No? Pues entonces mejor haría en dejarlos en paz y en dedicar su tiempo en buscar al asesino de su pobre madre.

Lo que más le jodió al inspector fue lo de la pobre madre. Hay que joderse. Los tipos la habían arrumbado en una esquina como un trasto viejo, como un cachivache que estorbaba, y ahora venían con paños calientes y gestos ofendidos. Panda de cabrones. La ira de Gervasio Álvarez vino a expiarla Eduardo Gil Varela, el justo que pagaría por los pecadores. El hombre se defendió como pudo ante las preguntas del policía pero no tenía nada que lo excusara. Para la víspera y la mañana de la muerte de Andrea Mérida no halló coartada. Nadie podía atestiguar haberlo visto. Porque nadie lo vio. Se había encontrado mal por la tarde, mientras jugaba al ajedrez, y se había ido a casa. La noche la había pasado vomitando y con escalofríos. Su compañero de partida podía corroborar lo de la marcha precipitada del club, que fuera sincera o no la indisposición de Gil Varela era gofio de otro molino. Declaró haberlo llamado esa noche para saber cómo estaba pero no recibió respuesta. Eduardo Gil aseguró no haber oído el teléfono. Estaba ardiendo en fiebre. No lo hubiera despertado ni un bombardeo. Lo hubiese jurado por sus hijos, de haber tenido alguno.

Cuando vino a verme, a contarme sus pobres avances en la investigación, el inspector estaba desmoralizado, Tanta historia, Ricardo, y andamos como al principio; todos parecen igual de culpables y, por si fuera poco, nos birlan una prueba de casa de la víctima delante de nuestras narices; vaya faena estamos haciendo. Intenté animarlo, No se haga mala sangre, Álvarez; aunque parezca lo contrario, hemos avanzado mucho y en muchos sentidos; está la banda de los moros, tarde o temprano cogerán ustedes al tal Félix; la muñeca de porcelana aparecerá, no le quepa duda; y mire que nos faltan los resultados del laboratorio: la meada que hallamos en el retrete de Mérida aún puede darnos una alegría.

No me pareció oportuno hablarle de mi visita a Enrique Vidal. Me dolía aceptar que mi abuelo hubiera pecado de ingenuo y lo hubieran estafado con un seguro sin fondos. Tampoco parecía tener nada que ver con nuestro caso, de modo que lo dejé correr. Volvería sobre ello cuando no me dolieran tanto el brazo y los recuerdos. A Álvarez le prometí cuidarme y recuperar pronto las fuerzas para ayudarlo con la investigación. El resto de la semana amenazaba con transcurrir muy lenta para mi gusto. Lenta y espesa como domingo de verano. Pero la ópera no se acaba hasta que no canta la gorda.

Pasé de no tener mujer a tener tres y todas se desvivieron en cuidarme. Noté, por supuesto, que el incidente de la cocina no iba a olvidarse así como así. Incluso me dio la sensación, por alguna sonrisilla aquí y alguna frase con doble fondo allá, que le habían ido a Inés con el cuento de la lámpara maravillosa. Yo, mientras, me sentía tan agradecido por los cuidados que me dispensaban que no le di importancia a las pullas. Comí mejor que nunca: me cebaron tanto a mimos que engordé dos kilos para regocijo de mis cuidadoras.

Me traían también periódicos, revistas y películas que alquilaban en un videoclub que hay en la calle Galicia. Hubiera preferido historias con algo más de acción pero todas eran comedias románticas y algo sensibleras. Las chicas consideraron que bastante gatuperio había habido ya con los moros y las putas. Mi brazo sanaba bien.

Me había acostumbrado a la soledad y al aislamiento (y a más cosas que no deseaba recordar) después de la muerte de Colacho. Pero entonces la sensación de abandono había sido dolorosa. Ahora, sin embargo, disfrutaba de un tiempo y una tranquilidad que me hacían falta y que aproveché para pensar en la mujer asesinada. Busqué en Internet e hice algunas llamadas ciegas por ver si el pasado de la mujer revelaba algún secreto que explicase su final. En Santa Lucía, el municipio al que pertenece Sardina del Sur, no había ningún Mérida. Pero en San Bartolomé había cuatro. Y no me hizo falta agotar las posibilidades.

A la segunda di con una sobrina de la muerta, Ernestina, hija del hermano mayor de Andrea. Por su voz deduje que tendría unos cincuenta años. Por ser la titular del teléfono que venía en la guía, que era soltera o separada. En cualquier caso, se mostró encantada de responder a mis preguntas. La idea de colaborar en el esclarecimiento de un crimen le parecía excitante y le soltó la lengua. La imaginé sentada en un sillón de mimbre, con una pierna desnuda cruzada sobre la otra, mientras se sinceraba con un desconocido. Oí cómo encendía un cigarrillo.

Me habló de su pobre padre, atacado de alzheimer, quien había olvidado los últimos detalles de su existencia para hacerles hueco a recuerdos de la niñez, sin sentido para nadie salvo para él. El pobre lo trastocaba todo y confundía a su hija con su madre. Una lástima. También me contó (hube de poner en cuarentena una revelación que sonaba a revancha) que la tía Andrea no había ido ni una vez a verlo al sanatorio. Nunca. Llevaban peleados cuarenta años pero, demontre, la sangre era la sangre. ¿Por qué se pelearon?

Ernestina dio una calada a su cigarrillo. La supuse contando los aros de humo que iban desvaneciéndose en el aire. ¿Por qué? Por culpa del militar. Yo tenía que entenderlo. Los Mérida siempre fueron republicanos. Agricultores humildes que perdieron sus tierras con la guerra por apoyar a quienes no debían. Eligieron mal y lo pagaron. Ernestina recordaba cómo su abuelo Manuel, con la cachimba en la boca, renegaba de la Iglesia y la Monarquía con igual furia. Soñaba con el día en que ahorcasen al último cura con las tripas del último rey. Y, claro, los militares no escapaban de la quema, todos unos represores, unos tiranos mal nacidos.

Y la cosa era que Tomás Cardenal había venido a confirmar

esa teoría fanática. Porque yo tenía que saber la terrible vida que le dio a Andrea. Vamos, aquello no estaba en los libros. La maltrataba de un modo cruel. No debería extrañarme saber que alguna vez le levantó la mano. Sí. Como lo estaba oyendo yo. Eso, por supuesto, Ernestina no lo recordaba porque era muy pequeña pero en su casa no se hablaba de otra cosa. Así que yo debía imaginar la tremenda fiesta que se montó el día en que murieron Franco y Cardenal. Doble celebración. Brindaron con el mejor cava. Y algo más debió de haber, porque a los nueve meses nació su hermano Lucas. La risa de Ernestina le nacía ya muerta de la boca.

La dejé desahogarse aun a sabiendas de que lo que dijera no me iba a sacar de pobre. Todos los males del mundo, por supuesto, provenían de aquella boda funesta, en mala hora vino Andrea a fijarse en el coronelito. El abuelo nunca recobró la paz y hasta en la locura de su padre tenía algo de pecado la dichosa tía. Ernestina sabía que no estaba bien hablar así de una muerta pero no le afloraba otra cosa que la indiferencia. ¿Sus primos? A sus primos no los conocía. Esperaba que les fuera bien, que no tienen la culpa los hijos de los errores de sus padres, pero no le movían ni una tripa, No, señor mío; ni una tripa me mueven esos Cardenal.

Colgué con la sensación de haber perdido el tiempo. Los motivos del asesinato habría que buscarlos más cerca. Hacer el recorrido inverso del hermano ido de Mérida: repudiar los recuerdos de juventud para centrarse en los últimos años, quizá meses. Y eso nos llevaba de nuevo a los hijos y al amigo amante. La ausencia de coartada de Gil Varela tampoco era concluyente. Si llego a estar yo en su piel, si en los últimos tiempos me hubiera visto implicado en un crimen, me hubiese sido imposible demostrar mi inocencia. Tres meses sin salir de casa, sin contestar al teléfono, sin ver a nadie más que a algunos puesteros del mercado. Con ese alegato me condenaría hasta la madre Teresa de Calcuta.

Le pedí a Gloria que, antes de venir a limpiar, se pasase por casa de mi abuelo e hiciera un registro de gavetas y cajones. Necesitaba encontrar la copia de ese seguro de vida. La muchacha pareció azorada. Dudó de la conveniencia de rebuscar en propiedad ajena como una ladrona. Le advertí que no había delito en ello. Que la casa (y todo lo que había dentro) me pertenecía por herencia. Y que era urgente. De haber estado sano, hubiera ido yo mismo.

Cuando llegó, no hizo falta más que un vistazo para saber que algo había ocurrido. Apareció sudorosa, con la mirada errante y el rostro demudado. La hice sentar en el sofá del salón. Le llevé un vaso de agua con azúcar de la cocina mientras ella se recomponía. Bebió con ansia para tragar el susto. Y, cuando halló la voz que se le había extraviado, me contó una historia antipática y rastrera. La casa de Colacho estaba patas arriba. Toda. Desde las alcobas hasta la cocina pasando por el salón. Hasta el baño arrasaron los muy ruines. Cajones abiertos. Ropa por el suelo. Los cubiertos debajo de la mesa. Cojines y colchones destripados. Los cuadros habían sido sacados de su marco, una figura de barro destrozada y las plantas fuera de las macetas, que ella no se explicaba qué podían buscar en la tierra. Gloria lloraba lágrimas de miedo pero también de rabia y de pena. Alguien había mancillado la tumba de mi abuelo.

La tranquilicé. Si existía un responsable, ése era yo. Tenía que haber atendido mejor la casa y haberme dedicado menos a lamerme las heridas después del entierro. Por más que hubiera querido, ella no hubiese podido evitar el desastre. Y, por suerte, el robo no la cogió dentro. Si no, estaríamos lamentando algo peor que un estropicio en los muebles y en las macetas. ¿Qué íbamos a hacer ahora?

Nada. No podíamos hacer nada en aquellas circunstancias (ella, nerviosa; yo, lisiado) sino esperar a que amainara la tormenta. No. Hasta donde sabíamos no se habían llevado gran cosa porque no había gran cosa que llevarse de casa de Colacho. Así que a la policía no íbamos a importunarla por un simple allanamiento de morada. Ya tenían bastante con lo suyo. Cuando pudiera andar sin los mareos que me producían los calmantes, me daría una vuelta por La Puntilla para hacer inventario de los destrozos. Mientras, lo dejaríamos correr.

Ignoro si Gloria llegó a sosegarse, pero yo no hice más que darle vueltas al robo buscándole explicaciones. La casa llevaba abandonada desde septiembre y en esos casi cuatro meses no había ocurrido absolutamente nada. De repente me encargan un caso y, a los pocos días, alguien se mete dentro a saquearla con voracidad. Y el pirata, por su forma de actuar arrasándolo todo, o bien andaba detrás de algo en concreto, o bien perseguía enviar un aviso a navegantes. ¿A quién había yo cabreado (o asustado) tanto? ¿Quién estaba al corriente de mi investigación? Álvaro Cardenal, los moros y un asegurador poco fiable. El primero quedaba descartado: andaba bajo arresto. Las otras dos opciones me espantaban igual.

El sábado catorce me atreví a salir al mercado. Desayuné otra vez en la churrería, al calor y al olor familiares del aceite hirviendo y el chocolate caliente. No quise amargar el desayuno con noticias de crisis y caídas de la bolsa. Hice una compra pequeña que pudiera cargar con un solo brazo: una botella de vino, un paquete de pasta fresca; un poco de salmón ahumado; una bolsa de pistachos. Pretendía sorprender a Beatriz con una cena.

Durante la compra tuve la sensación de que me espiaban. Me sentí vigilado. Cada pocos minutos daba una vuelta en redondo para descubrir a mis imaginarios perseguidores. Pero no había más gente que la que uno puede encontrar en un mercado. Gente que se quejaba de los precios. Que se aseguraba de que no se la diesen con queso. Que hacía jurar al puestero de turno que su mercancía era lo mejor de lo mejor, recién llegada del huerto, del barco, del matadero.

En la puerta, a la salida, había una gitana pidiendo limosna. Tenía forma de jarrón fenicio: un cuerpito esbelto sobre unas caderas exageradamente anchas. El color amarillo del vestido acentuaba la desproporción. Su tono de voz era altivo, desafiante. Lejos de pedir, parecía exigir lo que, a su juicio, le correspondía. Por eso los transeúntes seguían su camino sin siquiera esperar a que acabara de reivindicarse. A su lado, una niña sucia con los ojos grandes y el pelo negro ensortijado comía con avidez una manzana. Saqué unas monedas y se las di a la chiquilla. No sé por qué lo hice. Me pareció más sincera que su madre. Me dio más pena. Me cayó mejor.

A la gitana no le gustó mi gesto. Dijo algo en su lengua que no entendí pero que sonaba mal, a pura ordinariez. Intentó quitarle el dinero a la niña pero ésta se le rebeló con la mano apretada como un jazmín. Bien por ella. Le auguré, con ese genio y esos ojos, un futuro halagüeño, un nada limosnero porvenir. Quise creer que quince años después el mundo sería otro.

Por la noche, mientras cenábamos, le conté a Beatriz la escena de gitana con niña. Ella se mostró menos optimista que yo. Como madre, abominaba de ese chanchullo, de esa mendicidad que usa a los niños como reclamo. Como mujer, le dolía el futuro de la gitanilla. Y, si yo pensaba que acabaría en la universidad en lugar de en un burdel, es que la medicación me estaba haciendo alucinar. Lo del burdel sonó a latigazo en el aire. Para mí que lo tenía guardado desde hacía una semana. Esperaba el momento adecuado (y yo se lo había servido en bandeja, junto con los *fetuccini* al salmón) para sacar a relucir el tema. ¿Cómo podía yo entrar en lugares así? ¿Cómo no me daba asco (ya no vergüenza, asco) acostarme con putas?

Me sorprendió su enfado tan fuera de hora. Intenté explicarle (el tenedor en alto; un pedazo de pasta entre sus garras como una lágrima blanca) que mi opinión no era distinta de la suya. Que no me iban las putas. Que jamás había pagado por el sexo. Y que, si había acudido a un burdel la dichosa noche de los moros, había sido para ponerlos en un aprieto. Y, a toro pasado, vistos los resultados de la estratagema, y a pesar de la herida de mi brazo, lo haría de nuevo. Beatriz volvió a la carga, Pues para no ir de putas, bien que sabes dónde encontrarlas, coño.

–No jodas. Eso lo saben hasta los niños de Primaria. No hace falta más que callejear por Arenales para toparse con las ventanas abiertas y la mercadería apoyada en el friso.

–Pero tú no fuiste a Arenales. Fuiste a *esa* casa en concreto.

–Claro. Porque de repente me acordé de lo que me había contado Álvarez. *Ésa* en concreto es la casa de putas adonde va el yerno de Andrea Mérida.

–¿La mujer asesinada?

–La mismita.

–¿No decías que su hija... Sara vivía con lo puesto?

–Y con lo puesto vive. Sólo que su marido no parece haberse enterado.

–¿Y se puede ir de putas con lo que gana?

–No sé, Beatriz. ¿Cuánta gente se gasta lo que no tiene en el bingo o en el bar o en coleccionar relojes de cuco? Éste se va de putas a ochenta euros la sesión.

–¿Ochenta euros? Venga ya. No me lo creo.

–Créelo: ochenta euros. Y el muy pollaboba lo pagaba con tarjeta. Hasta que su mujer lo descubrió.

–No me vas a decir que su mujer sabe lo de las putas. ¿Y sigue durmiendo con él?

–Tú lo has dicho: durmiendo. Me da que es lo único que acepta hacer con el marido. Imagino que tener dos hijos con el pollaboba habrá influido en ello.

Beatriz abandonó los cubiertos encima de su plato. Era lo que le faltaba para el duro. Lo último que le quedaba por oír para perder el apetito: después de la historia de una tipa que usaba a su hija para pedir, la de otra que usaba a los suyos para aguantar a un cabrón putañero. ¿Qué pasaba con la dignidad, carajo? ¿Para qué tantos años de lucha por los derechos de las mujeres, si al final estábamos igual, qué igual, peor que antes?

Esa noche nada salió como yo esperaba. Había planeado una cena plácida, una conversación sosegada, una copa en el salón, acaso una película de amores contrariados y, seguro, un amor sin contrariedades con Beatriz. Pero Beatriz no quiso quedarse. No sé si le costó digerir los *fetuccini* al salmón o la historia de las putas. Pretextó cansancio. Tenía que madrugar. Había sido una semana dura: farmacéutica de mañana, enfermera de tarde, madre las veinticuatro horas. No insistí. No hubiera conseguido más que incomodarla. La acompañé a la puerta. La besé. Un beso granizado. Demasiado frío. Demasiado ácido. Ya nos llamaríamos. Eso. Ya nos llamaríamos.

Apagué las luces. Encendí el aparato de música. Tuve un encuentro furtivo con Aretha Franklin. Me tomé a su salud una copa. Sin hielo. Sin lima. Sólo ron y nostalgia. De afuera me llegaban la claridad de una farola y el rumor de las conversaciones. Una pandilla de pibes se dirigía a una fiesta: ya iban cargados y se les oía balbucear y reír como idiotas. Una pareja discutía. Ella se lamentaba de que él no le hacía caso. Él, de que ella le pedía demasiado. Ella esperaba que el hombre que estuviera a su lado creyera en un futuro, juntos. Él creía en el presente y sólo en el presente. Ella deslizó, a ver si colaba, una duda:

¿aquella historia no daba más de sí? Él no supo qué responder. Ella comenzó a andar. Él también, pero en otra dirección.

Yo seguí con mi ron melancólico. Me rondaba una idea vaporosa que provenía de la charla con Beatriz. La farmacéutica había dicho algo, de pasada, que se quedó revoloteando en el salón como un buitre sobre los restos de un cadáver. Algo que tenía que ver con las putas. Y con el desamor. Pero sobre todo con la muerte de una mujer.

El domingo amaneció nublado. Me sentí con fuerzas para dar un paseo hasta La Puntilla, hasta la casa devastada de mi abuelo. No quería esperar más tiempo para ver lo que habían hecho con ella los asaltadores. Pude entender el espanto de la pobre Gloria. La casa estaba manga por hombro. La habían batido a conciencia, con más fuerza que maña. Me olvidé de mi brazo y comencé la limpieza por la cocina. Recogí los cubiertos del suelo. Volví a encajar los cajones en sus nichos. Enderecé algunos botes de especias que habían volcado durante el registro. ¿Qué demonios podían andar buscando detrás de un pimentero y una lata de azafrán?

En la alcoba, doblé la ropa de mi abuelo para regresarla al vestidor. Ordené como pude, apretando de rabia los dientes, el ropero de Colacho. Rehice la cama. Reuní los restos de una lámpara y de un portarretratos que habían despedazado, para tirarlos a la basura. El baño fue más fácil de adecentar, apenas tenía anaqueles. Levanté la tapa del váter por si lo de la meada era una firma de artista. Estaba limpia, aún con el líquido azul desinfectante.

Lo peor que dejaron fue el salón. Allí se había librado la batalla más feroz: vi un reguero de cadáveres, un rosario de libros destripados sobre la alfombra color tierra de mi abuelo. Fui ordenándolos en las estanterías con un gesto de compasión, igual que si vendara el cuerpo de un niño. Por su parte, los cuadros, como había dicho Gloria, habían sido arrancados de sus marcos. Pisé cientos de cristales. El ruido me sobresaltó. Sentí dentera y frío. Traje el escobillón del trastero y los recogí despacio, tal que si me estuviese arrancando los vidrios de la piel.

En la esquina del fondo, junto a una vitrina de figurillas de cristal a la que, ignoró por qué, le perdonaron la vida, había restos de barro cocido. Se habían llevado por delante, en el fragor de la batalla, la escultura de un campesino (las manos gruesas que sostenían un sacho, los pies fornidos sobre la tierra árida, el cachorro calado en la cabeza sólida) que el viejo tenía desde hacía veinte años. La cara y parte del sombrero de la talla, igual que una máscara africana, languidecían sobre los escombros. Como vino se fue un pensamiento súbito que no logré atrapar. Quién sabe si algún recuerdo de mi abuelo, alguna explicación sobre la figura de barro.

Me dolieron las flores muertas del pasillo, arrojadas al piso con desdén. Me dolieron, sí, pero también me ofrecieron un punto de arranque en aquel alboroto: una huella muy nítida, la de un pie izquierdo, que destacaba entre la tierra esparcida. La suela tenía forma estriada, ondas marinas longitudinales, más profundas a la altura de los dedos. Pensé en un tipo acostumbrado a andar de puntillas por la vida. Me quité el zapato, lo coloqué al lado de la huella y le saqué una foto con el móvil. El ladrón puntilloso calzaba un cuarenta, tal vez un cuarenta y uno. Recogí la tierra y la deposité de nuevo en los maceteros. Intenté transplantar las flores pero me dio la sensación de que ya nada podía hacerse por ellas, víctimas inocentes de una carnicería que aún no tenía sentido para mí.

Me lavé las manos en la cocina. Quería sacarme la impotencia a restregones antes de subir a la segunda planta. Allí esperaba encontrar otro desastre igual. Sin embargo, habían respetado esa zona. Estaba como siempre: las puertas cerradas con la llave puesta en la cerradura; las habitaciones a oscuras, con olor a moho y vacío; el tiempo detenido en el desván de Colacho Arteaga. Me estaba preguntando por qué no lo habían arrasado como el resto de la casa, cuando sonó el timbre de la entrada.

Bajé las escaleras. Regresé a la cocina. Agarré el cuchillo más grueso que hallé y me lo metí en el bolsillo trasero del pantalón. No me apetecían más sobresaltos. Volvieron a tocar, esta vez con más insistencia. Al abrir, había dos policías de uniforme y una mujer pequeña, en bata y zapatillas, con cara de susto. Los guardias me pidieron que me identificara. Les enseñé el carné de identidad. Lo contrastaron con una llamada. Todo en orden. Preguntaron qué estaba haciendo en la casa. Les expliqué que había ido a echar un vistazo, a aventarla de polvo, a recordar no más.

La mujer intercedió por mí. Era vecina de Colacho y me había visto otras veces con mi abuelo. Quise saber a qué venía tanto revuelo. Y entonces creí comprender la razón de que el piso de arriba se hubiera salvado de la quema. La tarde noche del martes anterior la mujer había oído una escandalera de cristales y muebles. No lo había soñado. Era un estruendo frenético, igual que si alguien se hubiera vuelto loco, como para no oírlo. Así que había avisado a la policía. Otros dos agentes habían acudido al aviso pero, después de llamar varias veces y de preguntar a los demás vecinos, se marcharon. Claro. No podían entrar sin orden de registro. De esa manera fue como interrumpieron al ladrón en mitad de la faena. El tipo debió de asustarse y se marchó sin acabar de explorar la casa.

Una vez que todos hubimos explicado nuestra presencia allí, los guardias preguntaron si podían entrar. Les sonreí. No podían. Yo estaba ocupado y ellos seguían necesitando una orden de registro. Una lástima. Tanto trabajo para tan pobre pesca. Los dos hombres no ocultaron su desconfianza, su mal humor. Uno de ellos se alongó a mirar al interior. El otro se llevó la mano a la visera y se despidió con una sentencia rayana en la amenaza, Como usted diga; ya volveremos a vernos.

Tardé más de dos horas en perder la esperanza. Registré las habitaciones de arriba con igual empeño. ¿De verdad existía esa chinchosa póliza de seguros? Me conduje con cuidado de no perturbar la paz de los muertos: allí había recuerdos no sólo de Colacho, sino de mi madre, de mi abuela Sara y de algunos parientes a los que jamás llegué a conocer. Pero ni rastro de ningún documento a la vista. ¿Habría calculado mal yo? ¿Habría conseguido el ladrón apoderarse de lo que venía buscando antes de que llegara la policía?

Salí de allí bien entrada la tarde. La decepción me había quitado el hambre. Regresé a casa. Me metí en la ducha. Jugué a malabarista para no salpicar la zona herida. Me sequé sin frotarme, sólo abrigándome con la toalla. Desde el espejo me observaba un tipo que se parecía a mí. Estaba flaco, se le notaban los huesos de las caderas, los pómulos se le habían escurrido como la esperma de una vela. Llevaba un brazo magullado y parecía abatido por la pena. Lo saludé con la cabeza. El tipo me devolvió el gesto. Cuando apagué la luz del baño, desapareció.

Me puse ropa cómoda. Me acosté en el sofá del salón. Necesitaba el silencio del domingo, la sombra de la tarde, el abrigo de una manta cariñosa y tibia. Cerré los ojos. Intenté no pensar. Alguien, no recuerdo quién, escribió que uno puede aguantar más la respiración que el pensamiento. Hice la prueba y sí, tenía razón. Logré no respirar más de un minuto, en tanto me salpicaron media docena de ideas: desde la más banal (¿qué iba a cenar aquella noche?) hasta la más enrevesada (¿la Elisa Perera de la postal sería una antigua amante de mi abuelo?).

En ésas estaba, respirando de nuevo e intentando no pensar y, por tanto, pensando más que nunca, cuando sonó el teléfono. Miguel Moyano quería saber cómo andaba el enfermo, si necesitaba algo, si ya podía mover sin dolor el brazo. Bien, no, sí. Apenas tenía fuerzas para responder más que con monosílabos. Miguel me conoce como si me hubiera parido. Sabe cuándo no está el horno para bollos de anís. Pero no es hombre que se contente con un par de palabras de compromiso. Sacó a relucir su carácter coñón y jaranero, su desparpajo y su insistencia. Encadenó una pregunta tras otra sin esperar siquiera la respuesta. Bromeó primero con mi mala suerte (¿todas las balas perdidas te van a dar ti?) para celebrar, luego, lo afortunado que era por tener a Beatriz. Estaban encantados, él y Concha, de que hubiésemos decidido compartir la vida. La vida. Sí. Habló de ella como si fuera un pobre profesor de filosofía en vez de un empresario forrado. La vida. El futuro. El amor. La amistad. Las cosas, al fin, que importaban. Cuando ya no encontró más argumentos para animarme (qué suerte yo, ahí tumbado en el sofá, sin problemas económicos, con un trabajo raro de cojones pero trabajo al fin, y una mujer como Beatriz a mi lado) retornó a las preguntas, ¿Ya resolviste el caso de la vieja asesinada?

Si no puedes vencer al enemigo, únete a él. No. Estaba tan cerca de hacerlo como de resolver la conjetura de Poincaré. Y encima todo se me volvía en contra: una bala perdida, una pelea con Beatriz, el asalto a la casa de Colacho.

–¿Robaron en casa de tu abuelo?

–No sé si robaron. Por lo pronto la pusieron patas arriba, chico. Sólo les faltó mearse en su sillón de orejas.

–Cabrones, joder. ¿Lo ves? A esto nos ha llevado el gobierno socialista. A que la gente se revuelva contra el sistema.

–El sistema no tiene nada que ver, Miguel. Y el socialismo menos. Creo que buscaban un documento. Una póliza que Colacho firmó hace años y cuya desaparición resulta muy provechosa para alguien.

–Mierda, Ricardo.

–¿Qué?

–Se me había olvidado. Me vas a matar...

–¿Por?

–Porque tengo aquí una cartera con papeles que Colacho me dejó antes de morir.

–Vaya, hombre. ¿Y me lo dices ahora?

–¿Qué coño quieres? Te recuerdo que la última vez que te vi me metiste una trompada que casi me cambia la cara. Después de eso, en lo menos que pensé fue en carteras y papeles.

–No importa ya. ¿Puedes traérmela ahora?

–¿Tienes algo de beber?

–Como para una boda.

–Pues en un par de horas estoy ahí.

Nos ventilamos una botella que guardo para las grandes ocasiones. Miguel siguió con su tralla sentimental: los amigos, la paz que da la familia, la memoria de los que ya no están. Menos por el Dalai Lama, brindó por todo Dios que sustentara sus tesis. Cuando se acabó el ron, tuve que prohibirle rebuscar en el mueble bar, Olvídalo, pibe; si llegas a casa así, Concha te mata por darle un espectáculo a los niños; y a mí por dejarte conducir borracho. Lo mejor de la velada fue que ya no sentía dolor. Mi amigo, emocionado, se empeñaba en abrazarme y en pedirme disculpas (todo en un mismo gesto) por el daño infligido. Pero de daño nada: o me había curado ya, o se me había gangrenado del todo y mi brazo era, debajo del apósito, un jirón de carne muerta. En cualquier caso, el manual recomendaba continuar bebiendo.

La cartera estaba revestida de un cuero áspero y rugoso. Negra, sencilla, con una cremallera que semejaba una sonrisa dorada, esperó pacientemente a que acabáramos de beber. Sólo cuando Miguel cerró la puerta tras de sí al salir, me decidí a prestarle atención. Quise pensar que era el exceso de ron lo que me hacía temblar. Pero me engañaba. Era el desasosiego. La amargura de estar manoseando la memoria de Colacho. Saqué el contenido del portafolio y lo desplegué sobre la mesilla. Había tres fotografías y unos cuantos documentos. El deterioro de las fotos era sobrecogedor. Amarillentas, con los bordes mordidos por los años, parecían haber sobrevivido al incendio de Roma. Las sentí como balazos, tres tiros más sobre mi cuerpo maltrecho.

Una pareja de recién casados miraba a la cámara con tímida desconfianza. ¿Mis abuelos creerían, como las tribus indias, que el fotógrafo buscaba robarles el alma? Una niña, vestida con un trajito blanco de encaje y un pasador de pelo de carey, descansaba en brazos de su madre, una mujer aún joven pero tan ajada como las propias fotos. Mi abuela Sara debía de tener veinte años ahí. Joder. Aparentaba el doble. Mi madre, sin embargo, la niña del pasador, llevaba en la sonrisa la ingenuidad del año que acababa de cumplir.

La tercera foto era mía aunque podía ser de otro. Toda mi generación guarda un retrato como aquél: un bebé desnudo, pelón, nadando sobre una mesa, con la cabeza en alto y una sonrisa de encías que se transparentan aun sobre el blanco y negro de la foto. Y, porque todos los chiquillos parecen el mismo, pude reconocerme en ella sólo gracias a las marcas en el culo, el recuerdo que me dejó un practicante con cara de judío que masacró mi infancia a base de inyecciones. Retana se llamaba. Y viajaba con un maletón negro lleno de instrumentos de tortura: jeringas, agujas, un infiernillo para calentar las agujas y una caja metálica que sonaba a puerta de mazmorra cuando se abría. Retana. ¡Menudo cabrón!

A los recuerdos les ocurre como a los manises: hay que tragarlos con algo. Abrí otra botella para acompañarlos, no en vano seguía siendo una gran ocasión, la mejor de los últimos tiempos, la oportunidad de mojarle las patas a mi abuelo como era debido. Entre los documentos, había también un certificado de matrimonio, el de Colacho y Sara. Y uno de bautismo, el de mi madre. Y también una fotocopia del libro de familia donde constaba que Ricardo Blanco Arteaga pertenecía al mundo, si no de los vivos, al menos de los censados. El viejo se empecinó hasta el final en que yo comprendiera algo que no paraba de repetirme en vida. Que uno muere dos veces: cuando tu corazón deja de latir y cuando dejas de latir en el corazón de los demás, cuando te olvidan. Y la segunda muerte es la más jodida y dolorosa.

Por eso me legaba todo aquello. Para que no olvidara. Era su forma de aferrarse a la vida. *Llorá, nomás, botija; son macanas que los hombres no lloran; llorá pero no olvides*. En el fondo de la carpeta encontré lo que buscaba: un documento rudimentario, burdo, hecho quizá con prisa (con prisa del asegurador y, acaso, también del asegurado), en el que el viejo se comprometía a satisfacer una mensualidad a cambio de que, a su muerte, todo el dinero acumulado más los intereses que pudieran surtir de inversiones pasara a quien presentase la póliza. Estaba fechado en mayo de mil novecientos noventa y siete. Leí el contrato varias veces por ver si era el alcohol el que embotaba mi entendimiento. No. Mi entendimiento funcionaba como un reloj. Un reloj borracho pero un reloj.

Era una trampa de tahúr. Vulgar. Zafia. Un timo de la estampita reinventado. En ninguna cláusula del documento se hablaba de herederos legítimos. Colacho no le dejaba el dinero a nadie en concreto. Era un cheque al portador: quien lo llevara a la aseguradora se quedaba con la pasta. Calculé a cuánto podía ascender la suma. Desconté los intereses, Enrique Vidal no tuvo jamás intención de invertir en negocio alguno. Mi abuelo había pagado hasta la fecha alrededor de treinta mil euros. Una disposición leonina y enmarañada al final del acuerdo imponía que, si el asegurado dejaba de pagar tres meses, lo perdía todo. Eso explicaba la malévola carta que había hallado en el salón del viejo. Y también por qué Enrique Vidal ni siquiera me había preguntado quién era yo, que su amistad de pronto procuraba. Le daba igual quién fuese. De lo único que debía cerciorarse era de que no pudiera encontrar la dichosa póliza.

El fraude parecía rocambolesco pero tenía sentido. Y resultaba muy ventajoso para Enrique Vidal. En efecto. De cada cien asegurados, era más que probable que por una razón u otra (un documento que se extravía, un cliente que no puede seguir pagando, un beneficiario que olvida reclamar) una treintena se quedaría con dos palmos de narices. Y eso superaba con creces las pérdidas de quienes sí lograban cobrar el seguro. Hasta ahí todo bien: inmoral pero legal, como la política misma. Pero Vidal había traspasado la línea entrando a robar en casa de Colacho. Ahí se había cogido los dedos. Imaginé que no sería la primera vez. Que el cabrón elegía con cuidado a sus víctimas: ancianos solitarios sin demasiados recursos ni demasiados conocimientos legales, tal vez desesperados. Que, si las cosas se ponían feas, podía presionarlos con cualquier artimaña. Y ganaba la banca.

Desconocía cómo y por qué había elegido el tal Enrique Vidal a Colacho. Y cómo Colacho se había dejado embaucar. Lo achaqué a sus obsesiones de viejo. A su empeño en dejarme una herencia. Una herencia que me estaba quemando en las manos cada hora más. No lo entendí. Mi abuelo no encajaba en el papel de víctima de un estafador. Lo tenía todo. Sin embargo, había alguien que sí coincidía hilo por pabilo con el perfil de víctima. Alguien que no tenía nada. Alguien a quien poder acosar. Alguien indefenso y discreto. Alguien a quien, ironías del destino, habían asesinado el día de los Inocentes.

El lunes decidí cambiar de caballo a mitad del río, una jugada que Colacho Arteaga sin duda me hubiera censurado. Pero Colacho Arteaga, hasta nueva orden, ya no gozaba del mismo predicamento, luego de su fiasco con el manco Vidal. Yo no tenía un cliente a quien rendirle cuentas y sí el honor familiar que reintegrar. Los hombres de Álvarez, por otra parte, continuaban rastreando la muerte de Andrea Mérida, de modo que no me sentí responsable por desviarme de la investigación.

Me aposté en Domingo J. Navarro esquina Viera y Clavijo, donde había una tienda de ropa para bebé. Me entretuve en contar embarazadas para matar el tiempo. A la séptima, como Dios, descansé. Porque, como el diablo, me harté de tanta felicidad y tanta bobería a cuenta de patucos y delantalitos. Crucé hasta el quiosco de periódicos. Compré *El País*. Regresé a la calle que me interesaba vigilar y esta vez me dediqué a leer las noticias en la puerta del Banco Pastor, con un ojo en el diario y otro en el zaguán de Vidal y Asociados.

A la una en punto salió el manco. Vestía un pantalón de pana canelo y una chaqueta verde oscura. Se detuvo en la acera. Llevaba un sobre grande que acomodó entre las piernas para encender un cigarrillo. Luego se colocó el sobre bajo el brazo postizo y echó a andar calle arriba. En Pérez Galdós giró a la izquierda hacia San Bernardo. A mitad de camino había una modesta terracita: seis mesas bajo dos sombrillas medio destartaladas. Vidal se sentó en la última mesa y se dispuso a almorzar. Mientras comía, examinó los papeles que había en el sobre. Resultaba extraña, casi armoniosa, la manera en que sostenía el tenedor y los legajos con la misma mano. Hasta que un golpe de viento vino a desbaratarlo todo e hizo volar una de las hojas que llegó, revoltosa, al pie de una papelera. Una muchacha (cabello recogido en una coleta, mochila al hombro, pantalones ajustados de lycra) se agachó a recogerla. Vidal le dio las gracias y le miró el culo con igual descaro. Hizo un comentario que sólo él comprendió pero sonaba obsceno desde cualquier lugar de la terraza. Continuó con su brocheta de pollo y su lectura.

Casi una hora después, el manco pagó la cuenta y regresó a la oficina. Pasó a mi lado sin reconocerme, aún eufórico por el recuerdo de la estudiante. Frente a una tienda de decoración oriental, un mendigo corregía las maniobras de aparcamiento de una ranchera. Al concluir le pidió una propina al conductor, La voluntad, hombre; no es para drogas sino para comprar un bocadillo; mire que peor es robar. El tipo de la ranchera lo miró con desdén, se palpó el bolsillo e hizo el gesto de no llevar ni un céntimo. El mendigo demostró tener don de lenguas. Un auténtico Cela. Le conté hasta siete sinónimos de hijo puta (tantos como embarazadas) uno detrás de otro.

Me acerqué a él. Le pregunté hasta qué punto tenía hambre. No lo sabía yo bien. Llevaba en ayunas desde el día anterior. Me ofrecí a invitarlo a un bocadillo de pata y a una cerveza a cambio de información. Cela arrugó la frente. Ladeó la cabeza como un perro perdiguero. Me preguntó hasta qué punto necesitaba yo información. No lo sabía él bien. Llevaba en blanco desde el día anterior. La risa del mendigo resultó contagiosa, mucho más que la de las venturosas embarazadas.

Por cómo se enfrentó al bocadillo supe que no mentía con el ayuno viejo. En dos bocados lo engulló sin dejar ni la grasa. Preguntó, con ojos de tortuga, si podía pedir otro. Podía. El segundo se lo tomó con calma. Aún había hambre pero no quería dar mala impresión, dignidad ante todo. La cerveza, no obstante, la dejó reposar. Daba sorbos pequeños y espaciados de la botella misma, como quien no quiere que el placer se le acabe. O tal vez como el que huye de volver a engancharse a una adicción. En un gesto de confianza, lo dejé disfrutar de su almuerzo antes de atosigarlo con preguntas.

Comencé por las fáciles: ¿Desde cuándo trabajaba en aquel barrio?; ¿Cuántas horas se pasaba al día guardando coches?; ¿Conocía bien a todos los vecinos? Cela se limpió la boca con la manga de la camisa. Después, se dio cuenta de su propia torpeza, tomó una servilleta de la mesa y acabó de quitarse las migas del bigote. Llevaba dos años en Triana. Antes rondaba el parque de Santa Catalina pero allí la cosa se había puesto muy chunga, con tanto africano y tanto chiquillaje pendenciero. Había logrado su actual puesto después de mucho bregar con Andresín, otro aparcacoches de malas pulgas y propensión al crack. Al final llegaron a un acuerdo y acabaron turnándose. Andresín se levantaba después del mediodía y con resaca mala, comenzaba su ronda a media tarde y acababa de nuevo atrapado en una red de drogas como una mosca en la tela de una araña. Cela, entonces, tenía que madrugar. Entre Domingo J. Navarro y San Bernardo pasaba unas seis horas. Solía sacar unos treinta o cuarenta euros, aunque ahora, con la crisis, los clientes ya no se mostraban tan espléndidos. A él le iban a hablar de recortes. La vida sí que recorta, coño, y no el gobierno.

En cuanto a lo otro, ¿quién conoce de verdad a sus vecinos? Su primera regla era llevarse bien con ellos, claro. No convenía incordiarlos porque luego, por cualquier majadería, llamaban a los municipales y ésos podían joderte el invento. Tan guapos ellos con el uniforme planchadito y tocando los huevos porque sí. Cela mascaba el asco igual que un chicle. Era listo como el rayo. Sabía que yo no estaba interesado en el vecindario sino en un vecino. Y preguntó por él, ¿o era ella?

Era él. Cuando nombré al interfecto, mi hombre detuvo la botella de cerveza a un paso de la boca y se me quedó mirando. Un nubarrón cubrió el cielo de su rostro. Se erizó de frío. Arrugó la frente. Soltó un bufido, Uf, Vidal ¿eh?; eso son palabras mayores; un tipo que vive donde trabaja no es de fiar.

Sí. Enrique Vidal no sólo tenía el despacho en Domingo J. Navarro, 26. También vivía allí. En el segundo piso. Con su madre, una anciana que nunca salía de casa. Alguna vez se la veía en el balcón cogiendo solito, con una manta a cuadros sobre las piernas y unas gafas oscuras. ¿Ciega? No podría asegurarlo el guardacoches pero, ahora que lo mencionaba, quizá sí, tal vez fuera ciega. Todo el edificio era de la familia. El hijo se encargaba de las compras, lo veía cargado de bolsas del supermercado y cartuchos de estraza de la panadería. Una muchacha de Perú o de Bolivia o de Ecuador (para él todas eran idénticas, chiquitas y parejas; cualquiera diría que se escaparon de un futbolín) los ayudaba con la casa. Y así como la señora y la mucama inspiraban ternura, el hijo daba miedo. Con ese brazo desmayado y esa mirada torva. Siempre con prisa. Y ese oficio, carajo. Un oficio perro, igual que su dueño. ¿Qué puede esperarse de quien hace negocio con la muerte?

Cela no se atrevía a afirmar que el tal Vidal fuese mal vecino. No era un dechado de cordialidad pero saludar, sí que saludaba. Y en alguna ocasión, para celebrar vaya usted a saber qué negocio redondo, llegó a darle hasta dos euros. Y eso que no conducía. Claro. Con ese brazo muerto cómo iba a conducir. ¿Acomplejado? No lo parecía. Más bien al contrario. Un tipo *echao pa'lante*. Debió de haber nacido ya sin brazo y, como suele decirse, lo que no mata engorda. Vidal se habría hecho fuerte con el tiempo. Habría aprendido a batallar con la mitad del cuerpo y el doble de fullerías.

Eso sí. Lo de Asociados estaba escrito en el rótulo para fardar. En Domingo J. Navarro, 26 sólo trabajaba Vidal. Si el tipo tenía otra oficina abierta en el puerto o en Ciudad Alta, era otra cosa. Pero allí había un único dueño. ¿Visitas? No muchas. Lo normal: dado que sus clientes valían más muertos que vivos, ¿quién querría visitarlo? Sin embargo había un hombre que iba mucho por allí en los últimos tiempos. No seguía una rutina establecida. Ni horas ni días precisos. Incluso algún sábado lo vio llegar al despacho de Vidal. ¿El guardacoches? Claro que también trabajaba los sábados. ¿Qué creía yo, que había sacado las oposiciones al Ayuntamiento? Mire qué gracioso.

Pues eso. Que el hombre que frecuentaba la oficina de Enrique Vidal no tenía horario fijo. Era un tipo normal. No muy alto pero tampoco muy bajo. Ni delgado ni gordo. O quizá las dos cosas porque tiraba a flaco pero lucía una barriga de preñada. Sí. De esas que salen del diafragma hacia delante. Nada de a los lados. Era moreno de mitad del cráneo para atrás. De resto, calvo. Más cerca de los sesenta que de los cincuenta. Ninguna cicatriz. Ninguna marca reseñable. Algo nervioso tal vez. Efectivamente. Miraba su teléfono de un modo compulsivo. Como si esperara un mensaje urgente. Pero ese detalle no describe a nadie y los describe a todos. El mundo se ha vuelto loco, ¿no es cierto? La gente quiere ahora más a su móvil que a sus hijos.

Y no hablaba por hablar. Un par de meses atrás, una guagua había atropellado a una niña en Primero de Mayo. Cela fue testigo, nadie tuvo que contárselo. La policía llegó y le tomó la matrícula y le hizo la prueba de alcoholemia al chófer de la guagua. Pero a quien habrían tenido que empurar era al padre de la chiquilla, que estaba mandando mensajitos por el móvil mientras su hija se botaba a la acera a perseguir a una paloma. A él deberían haberle hecho la prueba. Cabrón. Ojalá se lo coman los remordimientos el resto de su puñetera vida.

Cela también tuvo un teléfono móvil. De eso hacía mucho tiempo. Pero lo cambió por unas papelinas. En aquel momento necesitaba colocarse más que llamar a su novia. Claro que tenía novia. Se llamaba Estefanía y trabajaba en un quiosco de revistas y puros cerca del estadio. En realidad se seguía llamando igual y seguía trabajando en el mismo sitio, sólo que ahora vivía con el dueño del bazar y se había puesto tetas nuevas. Al guardacoches aún le costaba hablar de ella. Su sarcasmo no lograba disimular del todo el dolor que le producía haber perdido todo lo que valía la pena. Por eso nadie le bajaba del burro de que la tecnología no había traído más que desgracias. Mucha comunicación y mucha vaina pero al final nos hemos vuelto todos unos tarados de mierda que ni cuidar sabemos de nuestros hijos.

La calle lo había convertido en un escéptico, sin duda en un nihilista. Llevaba dentro la filosofía del descreído. Pero eso nos creaba un problema: sin teléfono, no podía servirme de gran ayuda. ¿Para qué? Para hacerme de informante. Para tener los ojos bien abiertos. Para avisarme la próxima vez que el amigo de Vidal apareciera por allí. Por una comida y una conversación como aquéllas, Cela estuvo dispuesto a encontrar un amaño sin tener que renegar de sus convicciones. La solución estaba cerca, en el bar donde comíamos. El dueño era amigo suyo. Lo dejaba guardar en la trastienda un balde y unos trapos. Sí. A veces, mi hombre no sólo ayudaba a aparcar sino que también lavaba los coches.

Torres, que así se apellidaba el dueño del piscolabis, tenía teléfono. Y Cela estaba dispuesto a llamarme desde allí si el tipo volvía a aparecer. Le dejé veinte euros de adelanto. Por la información, la molestia y las llamadas que vinieran. Se guardó la servilleta en la que anoté mi número, se limpió la mano en la pernera del pantalón antes de sellar el trato que teníamos y se marchó a casa. Ya había ganado suficiente por ese día. No había que ser ambicioso.

Inés se había tomado la tarde libre. Yo aproveché para tumbarme en el sofá del despacho y echarme una siesta que se prolongó hasta la noche. Dormí como un bendito. La algarabía de Triana no logró despertarme. Ni el brazo, que empezaba a sanar ya. Ni dos llamadas de Álvarez, que ni siquiera oí. El inspector quería llevarme a cenar a su casa. Con Susana. Le parecía un pecado que, después de tantos años de colaboración, aún no conociera a su mujer. ¿No sería una molestia? Molestia ninguna, donde comen dos comen tres y un plato de lentejas no se le niega a nadie.

La imaginaba distinta. Me había hecho a la idea de una sexagenaria seria, adusta, discreta. Y me topé con una mujer vital, socarrona y cariñosa desde el primer saludo. Susana me estampó dos besos y se quedó un rato sosteniendo el abrazo como si fuera un hermano menor al que no veía desde las últimas navidades. Sus ojos eran limpios. Sus arrugas, serenas. Y su voz, de una calidez acogedora, tanta como la de su casa. Me confesó las ganas de conocerme desde hacía años, desde el primer caso en que su marido y yo habíamos trabajado juntos, aquellos quince días de noviembre en que una mujer desquiciada había dado rienda suelta a su venganza.

Habló de mi abuelo, a quien sí conocía. Había sentido en el alma su pérdida. Como propia. De veras. No era pose, Susana detestaba la hipocresía. La muerte de Colacho le había dolido como la de un padre. Y no sabía si me iba a parecer una desconsideración pero se había tomado la licencia de visitar su tumba (la última vez el día de los finados) y le había refrescado las flores al nicho. No sólo no me pareció desconsiderada, sino que me emocionó su gesto: yo ni siquiera había tenido valor para ir al cementerio. Le di mi palabra de que iríamos juntos cuando acabara la investigación.

Delgada como un junco, segura de sí misma (no ocultaba las canas bajo un tinte artificial), franca. Sonreía con todo el cuerpo. Y se mostró como la anfitriona perfecta, sin dejar nada al azar, atenta a todo. Se tomó su tiempo para mostrarme una casa que se parecía más a ella que a Gervasio. Lógico, ¿verdad? Era Susana quien en resumidas cuentas la habitaba. Álvarez dormía más veces en el sofá de la comisaría que en su cama. Se disculpó por no haber podido preparar algo más suculento, Gervasio la había avisado a última hora. Pero, desde luego, lo del plato de lentejas era una forma de hablar. Había descongelado un lomo de cerdo para adobarlo al horno con almendras y pasas, sobre una cama de papas panaderas. Y, de entrante, guacamole con unas tiras de pollo fritas.

La loza era de puente y paloma, azul y blanca, como las que mi madre usaba los días de fiesta. Las copas, de cristal esmerilado. La cubertería, de plata. Las servilletas, de tela color vino. A tal empaque le puso la apostilla el inspector, No te quejarás, Ricardo, ni en Navidad hubo tanto glamour en esta mesa. Susana lo reprendió sin excesiva convicción, Ya, coño, este hombre siempre tiene que decir algo; un día se traga la lengua y se envenena, cóntrale.

Prohibido hablar de trabajo durante la cena. No hizo falta un edicto con el veto. Nadie sacó a Andrea Mérida a relucir. Y cuando la conversación amagaba con acercarse a aguas turbulentas (mafiosos, ladrones de muñecas, hijos malagradecidos)

Susana se encargaba de ponerle un dique: ofrecía una receta, proponía un brindis, se acordaba de alguna anécdota de cuando Gervasio y ella eran novios. Cualquier cosa con tal de no amargar la velada.

De postre, nos ofreció magdalenas caseras con pepitas de chocolate negro, acompañadas de un vino dulce de Jerez. Acepté con agrado las magdalenas pero, en lugar del moscatel, preferí ron o coñac. La anfitriona se levantó de la mesa y se perdió tras la puerta del pasillo. Al poco regresó con una botella de Calvados y una sonrisa saltarina, Esto lo compré un día, después de leer a Simenon; me pareció que encajaría en el bar de un inspector de policía; pero, como ves, aquí está muerta de risa y sin abrir.

Hice los honores al Calvados, a Maigret y al buen gusto (literario y gastronómico) de Susana, mientras los Álvarez se enfrascaban en una competición de memoria. Venció por goleada ella, con esa sorprendente capacidad de las mujeres en recordar hasta el último detalle (el color de una bufanda, el nombre de un camarero, si hacía sol o llovía) de un episodio transcurrido hace cuarenta años. También hablamos de los planes que se urden todos los eneros y que, antes de llegar marzo, se han olvidado ya. Eso explica por qué nadie deja de fumar, nadie se pone a régimen, nadie pasa de la primera lección de inglés o de la primera semana del gimnasio. Cuántas cosas se quedan en el camino entre un juramento y una rendición. Y cuántas excusas se ponen para posponer una promesa. Susana se interesó por las mías. ¿Por mis excusas o por mis promesas? Por ambas.

La verdad es que yo no soy hombre de tantas miras. No porque mi vida sea perfecta y no necesite mejoras, sino porque siempre he vivido al día. Aprendiz de todo y maestro de nada. Fumo poco. Camino algo. Como lo justo. Chapurreo inglés. Odio los gimnasios. Al día, sí. Y me valen las cosas como están.

Los licores fueron melancolizando la sobremesa. Para bien o para mal. Porque nos dio por pensar y, como apuntó Susana, el pensamiento es la mayor de las bendiciones y el más cruel de los castigos. Nos ha llevado a las cotas más altas de la ciencia, las artes o la medicina, de acuerdo. Pero pensar duele. Mucho. Por eso nos pasamos la vida ocupando nuestro tiempo en otras faenas. Y es que, si piensas, corres el riesgo de llegar a conclusiones trágicas: ¿Adónde se fueron nuestros sueños?; ¿Qué se hizo de aquella muchacha, de aquel joven de veinticinco años que desafiaba al mundo con comérselo a bocados?; ¿En qué lugar del trayecto nos perdimos?

Luego aparece el miedo a quedarse solo. Como si quedarse solo fuera la peor de las torturas. Astillas clavadas en las uñas. Un grifo que gotea sobre tu frente. Descargas eléctricas. *Horror vacui*. Y ni tanto ni tan calvo, caramba: ni el infierno son los otros, ni el purgatorio, la soledad. Antes de compartir las noches con quien no te merece, mejor una buena lectura o un par de buenos amigos como los Álvarez. Y, si uno cree que llenarse de hijos te vacuna contra el desamparo, que se mire en el espejo de, por ejemplo, Andrea Mérida. ¿De qué le sirvió a ella?

Susana era mujer de fe. Se negaba a juzgar y aplicaba, siempre que podía, el beneficio de la duda. Y ahora podía. ¿Qué sabíamos nosotros de Andrea Mérida? Que estaba muerta, que había tenido tres hijos y un marido tirano (les conté mi conversación con la sobrina), que al final de su vida había encontrado la felicidad al lado de un hombre bueno que sí la merecía. Álvarez carraspeó al oír mentar a Gil Varela, no estaba ni medio claro que fuera tan bueno ni que la mereciera. Susana lo contradijo. Estaba clarísimo. A las pruebas se remitía. Un hombre que se emperifolla para gustar a una mujer, no la mata. No hay ninguna razón. Él tenía más dinero, más vida y más futuro que ella. No ganaba nada y probablemente lo había perdido todo con su muerte. Por eso estaba en el entierro como un alma en pena.

¿Coartada? Las coartadas son para quien las necesita. La gente honrada vive sin coartadas. ¿Quién recuerda dónde y con quién estaba un día de hace un mes? Sólo los culpables: los maridos infieles; los empleados que se escaquean; aquellos, en suma, que esperan que les pregunten luego. No. Los demás nos limitamos a vivir. Y si Gervasio y yo, que nos dedicábamos a deshacer entuertos, no lo veíamos, es que no habíamos aprendido nada de la vida.

Mientras ellos debatían si exonerar o no a Gil Varela, yo le seguía dando vueltas al Calvados y a la historia de Enrique Vidal. Con el mismo gesto (cuatro dedos abrazando la copa; el meñique apenas acariciándola) hacía girar el licor dorado y el pensamiento gris. Seguía sin entusiasmarme la idea de hablarle del manco al inspector. Temía que le diese por ponerle vigilancia y me lo espantara. Yo ya había sufrido la torpeza de algún que otro policía (por demasiado inexperto o por demasiado viejo) que echó a perder una investigación. Quizá sí lo hubiera hecho, los acontecimientos habrían sido diferentes. Pero ocurría que, hasta entonces, sólo tenía la sospecha del asalto de La Puntilla. Y eso era pura baratija, pajullo para un juez. Otra cosa sería si lograba relacionarlo con el asesinato de Andrea Mérida. Incumbía, pues, ser paciente. Esperar una llamada que ayudase a desenredar la madeja.

Llegó el miércoles dieciocho, a eso del mediodía. Pero para embrollarlo todo definitivamente. El aparcacoches sonaba exultante, nervioso. Con una noticia de tamaño familiar. El tipo que buscábamos acababa de aparecer con un colega. Era él, sin ninguna duda. Estaban los dos ahora con Vidal en el despacho. Y del otro hombre podía darme una característica que llevarme a la boca. ¿Qué característica? La procedencia. El nuevo era marroquí. No vestía con chilaba pero era más moro que Hassan II. Segurísimo. No había más que verle ese color madera y esa perilla remilgada. Cela estaba habituado a distinguir a los negros de los canelos, de la época en que trabajaba en el parque de Santa Catalina.

Me pilló a trasmano la llamada, en la otra punta de la ciudad. Había acompañado a Gloria a limpiar la casa de Colacho porque ella no quería acercarse allí ni en broma y nadie podía culparla por eso. Tuve que prometerle que me quedaría hasta el final de la limpieza. Tardamos casi tres horas en dejar la primera planta como antes de la invasión, aunque algunos destrozos no hubo forma de remendarlos. Después, escolté a la muchacha hasta la parada de la guagua. ¿Yo me volvía a la casa? Sí. Quería estar un rato a solas con los recuerdos de mi abuelo. Era cierto que no había visitado el cementerio después de su muerte, pero no por desidia ni por ingratitud. Para mí, lo que había en su nicho no tenía nada que ver con él, sólo huesos y polvo encajonados entre los huesos y el polvo de otros muertos extraños. No. Aquella casa de La Puntilla era Colacho Arteaga. Si había que honrar su memoria, sería allí. Y allí, solo otra vez, sentado en el sofá de orejas, con los retratos que habían naufragado en el asalto, me sorprendió el timbre del teléfono.

De camino a Triana recé para que la reunión de Vidal se alargara. Me hubiese bastado con que estuvieran hablando, discutiendo, conspirando media hora. Lo que tardaba un taxista a quien soborné con doble tarifa en cruzar la Avenida Marítima casi de punta a punta. Pero en media hora pueden ocurrir tantas cosas que da grima pensarlo. En media hora, como estudiábamos en los libros de Ciencias, la mayoría de los seres vivos nacen, crecen, se reproducen y mueren. El problema del manco Vidal era que había nacido hacía sesenta años, que ya estaba crecidito y que no se le había pasado por la imaginación lo de reproducirse. Así que lo único que podía hacer en aquella media hora era morir.

Acababan de marcharse los dos tipos. Se habían perdido calle arriba hasta Primero de Mayo. Cela estuvo en un tris de seguirlos pero al final resolvió quedarse a darme el parte. A saber: los dos hombres aparecieron sobre las doce; estuvieron dentro unos veinte o veinticinco minutos, tiempo suficiente para que el guardacoches me telefonara desde el bar de Torres; luego salieron con un archivador de oficina (de esos blancos con rayas azules) que no llevaban al entrar; y en el transcurso de la visita invirtieron los papeles. ¿Qué significaba eso último? Significaba que, cuando llegaron, el moro parecía irritado y el colega de Vidal, sereno; y, cuando se fueron, el moro sonreía de un modo felino y al otro no le llegaba la camisa al cuello.

No necesité más información para comprender que, si el marroquí era Félix, algo grave había ocurrido en el despacho de Enrique Vidal. La sonrisa del moro ya me la conocía. Le pedí a Cela que se quedara de guardia por si regresaban y entré en el edificio. Toqué varias veces el timbre pero nadie me respondió. Miré la hora, tal vez el manco hubiera vuelto a casa a ver a su madre. Subí las escaleras. Una puerta enorme de roble macizo, con una mirilla de bronce en forma de sol, me recibió en el rellano de la segunda planta. Llamé. La voz almibarada de una muchacha me preguntó quién era, mientras unos ojos negros y expresivos se alongaban a la mirilla. A la mucama le habían enseñado a no abrirle a cualquiera. Le expliqué la situación. Era amigo de don Enrique. Me había citado con él a esa hora para un negocio, pero no respondía. Y eso era inquietantemente extraño porque don Enrique jamás se retrasaba en los negocios. Me angustiaba que pudiera haberle sucedido algo.

La muchacha se quedó *ojiabierta* al otro lado del portón. No sabía qué hacer. *Angustia* e *inquietantemente* eran palabras gordas para una mirilla tan estrecha. Aproveché sus dudas para colarme por allí, Venga, mujer, arranque; ¿perdón?; ah, Elizabeth, precioso nombre; pues consúltelo, Elizabeth, con la doña; puede ser urgente, de verdad; mire que como le ocurra algo a don Enrique en su conciencia queda. La mirilla se cerró de nuevo. Sentí a la peruana (decidí, por los ojos rasgados, que era de la mismísima Lima) alejarse pasillo adentro. Luego un rumor de voces, un chapoteo de llaves, unos pasos resueltos.

Un minuto después se abrió la puerta. Elizabeth me sonrió con timidez y se dispuso a guiarme escaleras abajo. Abrió el despacho con una llave ancha de seguridad. Entró delante de mí. La estancia estaba en penumbras, con las persianas bajadas, y en silencio. La muchacha llamó a don Enrique, tres veces, sin moverse del sitio donde se había quedado paralizada, temerosa. Y entonces encendió la luz.

No sabré nunca si lo que más me espantó fue la escena que vimos o el grito de pavor de la mucama limeña. Por encima de su hombro tembloroso (Elizabeth se había lanzado a mi cuello y había roto a llorar desgarradoramente), vi al manco Vidal sentado en su escritorio. La mitad superior de su cuerpo abatida sobre la mesa. Su brazo falso en el suelo, igual que una serpiente muerta. Su chaqueta en el respaldo de la silla.

Olía a sangre y a mierda. La sangre se veía por todos lados: en la cabeza y la espalda del cadáver, encima de los libros de cuentas, en la tulipa de la lámpara. La mierda, sin embargo, había que imaginarla. Enrique Vidal se había cagado de miedo. Pero eso a Félix le importó un huevo. Posiblemente el pánico de la víctima habría alimentado sus ganas de matar.

Separé a la muchacha con suavidad. La obligué a mirarme a los ojos, quería que olvidara la visión horrible que acababa de tener. Le hablé serenamente, poniendo énfasis en cada una de las palabras. Quería que entendiera lo que iba a pedirle. ¿Me estaba escuchando? Genial. Pues ahora tocaba subir a casa, encerrarse allí hasta que la policía llegase, y, sobre todo, no comentarle nada a su señora. Ni una palabra de aquello. Alguien hablaría con la madre de don Enrique a su debido tiempo. Joder. Se me había contagiado el lenguaje pedante de Álvaro Cardenal. A su debido tiempo. Manda carajo. Elizabeth subió los escalones de dos en dos. La orden le había venido como agua de mayo. Porque no veía la hora de salir de allí. Porque necesitaba la seguridad de una puerta de roble. Porque no sabría ni por dónde empezar a contarle a la madre de Vidal lo que había sucedido.

Álvarez se encontraba en la sala de estar de Gil Varela. Había acudido a verlo, en lugar de mandarlo a llamar a la comisaría, para hacerse una idea de dónde y cómo vivía el supuesto amante de Andrea Mérida. Tuve la certeza de que la tesis de Susana había influido en aquella decisión. Allí fue donde supo de una historia de amor. De un triángulo como los de las buenas novelas. Un marido vulgar y despreciable. Una mujer necesitada de cariño. Un solitario que pasaba por allí. No. No se había aprovechado del desamparo de Andrea. Se enamoró de ella de verdad. Y no. No llegaron jamás a acostarse juntos. A Inés le iba a doler esa noticia. Estuvieron a punto pero, cuando, encontraron la oportunidad, Andrea Mérida acababa de saber que estaba embarazada de su tercer hijo. Y le entraron los remordimientos. Cuando murió el coronel ya fue tarde. La viuda estaba chapada a la antigua y se negó a recibirlo. Pero Gil Varela, eso lo juraba sobre la tumba de su amor, jamás dejó de quererla. Porque él también estaba chapado a la antigua. Y con un amor verdadero basta y sobra en una vida.

Le expliqué a Álvarez las circunstancias de la muerte de Vidal sin entrar en detalles. No quería que se llamara a engaño. Me esperaba su reacción y su pregunta. ¿Qué tara genética tenía yo para acabar siempre encontrando cadáveres? Le contesté lo primero que se me ocurrió. No era una tara sino mi trabajo. Y le recordé que había sido un tal Gervasio Álvarez quién me había metido en aquel fregado, de modo que a quejarse al maestro armero.

En lo que llegaba la policía, me dediqué a registrar la oficina del manco. Saqué un pañuelo de tela para no dejar más huellas de las necesarias. Lo primero que miré fue el cadáver. En esos casos siempre me embargaba una sensación de quebranto. Enrique Vidal no era un tipo del que me fiaría nunca pero en aquel estado, por muy cabrón que hubiera sido en vida, sólo podía inspirarme lástima. Le habían disparado dos veces, una en el pecho y otra en la cabeza. Por la alineación de los orificios de bala supuse que el segundo tiro (seguramente el de la cabeza) había sido innecesario El manco ya estaba muerto antes de desplomarse sobre su escritorio. Rodeé la mesa y me agaché para comprobar algo. Vidal calzaba un cuarenta. Las suelas de sus zapatos (eran botines ortopédicos; el pobre tipo estaba a medio hacer) mostraban unas estrías longitudinales, más profundas en el tacón que en la punta. Un acertijo menos que resolver.

La habitación que servía de archivo debió de haber sido un cuarto de criados en otra época de mayor esplendor. Cuadrada, sin ventanas, aún quedaban las marcas de un catre y un aguamanil que habían retirado para hacer hueco a las estanterías. Una de ellas estaba atestada de archivadores como el que, según Cela, los asesinos se habían llevado. En el lomo de cada archivador venía una fecha compuesta por dos años. La fila se iniciaba en el bienio 1989-1990. Faltaba uno, el que correspondía a

1997-1998. Precisamente la época en que mi abuelo había suscrito su póliza.

Elegí uno al azar. Durante los años dos y tres Vidal había firmado unos veinte contratos. En todos ellos venía adjunta una fotocopia del carné de identidad del tomador del seguro. Veinte hombres y mujeres mayores que miraban a la cámara con desconfianza. Se me encogió el estómago al pensar en lo que les esperaba: la desilusión, el desengaño, la miseria tal vez. Devolví la carpeta a su lugar y regresé al despacho.

Me aseguré de que la puerta estuviese cerrada. Volví al escritorio de Vidal, a echar un vistazo a su ordenador. Era un Acer Aspire. La luz azul parpadeaba. Los asesinos habrían encontrado a la víctima trabajando y el aparato, luego de una hora sin recibir órdenes, había adoptado la función de reposo. Le di al botón de arranque y la pantalla volvió a iluminarse en un hermoso paisaje: el Roque Nublo, una mañana soleada, ni una nube en el cielo azul de la cumbre.

Busqué en Mis Documentos. Había una lista de carpetas alineadas en tres columnas. Abrí la de Clientes. Me apareció una veintena de archivos amarillos organizados del mismo modo que los archivadores, en bienios. Insistí en el de 1997-1998. Después de unos segundos que parecieron siglos, surgió una nómina de asegurados por orden alfabético. Me costaba dominar el ratón. Entre el pañuelo de tela y la impaciencia, mi dedo no paraba de patinar. Colacho Arteaga era el tercero, entre un Luis Almeida y una Bárbara Betancor que no me sonaban de nada. Quien sí me sonó fue la octava: Andrea Mérida. Imprimí ambos documentos. Me los guardé en el bolsillo de la chaqueta.

Apagué el ordenador. Y salí a esperar a la policía a la calle, donde me aguardaba Cela ya sin uñas.

Mientras la policía científica tomaba huellas y el joven Santa Ana manoseaba el cadáver para confirmar un hecho evidente y procaz (Vidal, muerto; dos disparos desde dos metros de distancia; un solo pistolero; balas de calibre 38; un cadáver aún caliente), Álvarez me llevó aparte. ¿Qué coño hacía yo en Domingo J. Navarro, 26?

Como de cualquier manera iba a descubrirlo, le hablé de la conexión entre Enrique Vidal y mi abuelo. De las pólizas abusivas con las que el manco hacía negocio. De un centenar de clientes estafados, clientes viejos e indefensos, fáciles de engañar, Andrea Mérida incluida. Los archivos de la habitación del fondo y del ordenador le darían más pistas. Aquello era un mausoleo, ríase usted del Valle de los Caídos. En efecto. Un panteón funerario, sólo que los enterrados aún no sabían que estaban muertos. Me dolió más reconocer que Colacho se hubiera dejado atrapar en aquella maraña farfullera que mi irrupción en el PC de un cadáver. Ojo por ojo. Sí. Enrique Vidal había allanado una semana antes la casa de La Puntilla y yo le había devuelto la jugada ese mediodía.

Sin embargo, había llegado tarde. El guardacoches que el inspector había visto conmigo en la calle era amigo mío. Sí. Tal vez no supiera escoger a los amigos pero así estaban las cosas. Pues mi amigo me había avisado por teléfono, pero la mala suerte quiso que yo, en lugar de estar en mi despacho, estuviera en Las Canteras. Nada de playa, estaba bueno yo para playas con mi brazo. No. Me encontraba purgando los destrozos del manco. Si no, hubiera llegado a tiempo de impedir el crimen. O tal vez Álvarez tuviera ahora dos cadáveres por el precio de uno. El caso es que los asesinos habían escapado. Sí. Hablaba en plural porque eran dos. Me jugaba la paga de Navidad a que uno era Félix, el moro mafioso. Al otro no lo conocía. ¿Qué hacía el moro en aquella función?

Cualquiera sabía. Acaso habría olido la pasta desde lejos y había llegado para extorsionar también a Vidal. O puede que estuvieran compinchados desde el principio y que Félix fuese el cobrador del manco. ¿Por qué lo mató, entonces?

Ni la menor idea. A lo peor Enrique Vidal no quiso pagarle el último trabajo. De cualquier manera, un miserable como Félix no necesitaba demasiados motivos para asesinar a alguien. No había más que ver la escena del despacho. Tanto jaleo para matar a un tullido. Según Cela, se habían llevado un archivo de la oficina, así que no deberíamos descartar el robo como móvil.

El inspector no supo si encerrarme en el calabozo o recompensarme. Por si la balanza se decantaba hacia lo primero, él mismo me mandó a casa. A quien sí se llevó fue a Cela. No detenido, sino como testigo de asesinato. Lo necesitaba para que hiciera una declaración y describiera a los dos *supuestos* (lo expresó con asco, como quien se quita un bicho de encima) asesinos. El guardacoches protestó sin éxito. A Gervasio Álvarez le importaba un pito que Cela tuviera que trabajar, menudo trabajo andar molestando a la gente. Era el único que podía retratarlos. Y que no se le pusiera gallito porque estaba empezando a hartarse de aquel caso y podía reconsiderar lo de la detención.

Me despedí de Cela con un guiño tranquilizador, Álvarez es legal, no te preocupes; en una hora estarás de vuelta; y seguro que te dan de comer en la comisaría. Al inspector le aconsejé que contrastara el ADN del muerto con los restos de orina del baño de Andrea Mérida. Sobre eso quería hablarme. ¿Sobre meadas? Qué coño meadas. Sobre el robo de la muñeca. Álvarez ya sabía cómo habían logrado burlar la vigilancia. Provocaron una pelea en la calle donde vivía Mérida. El oficial de servicio, Eliseo Ramos, intervino en la riña. Aseguraba que no habían sido más de diez minutos, el tiempo que tardó en separar a los contendientes y en aclarar el altercado. No. No les pidió la documentación. ¿Para qué, si tampoco podía llamar a la central? Eso hubiera sido delatarse. Abandonar una guardia se castiga. Ramos volvió a su imaginaria y siguió como si nada. Pero, cuando se descubrió el robo de la muñeca y saltaron las alarmas, comprendió que se castiga más la deslealtad con los compañeros. Y acabó confesando.

Con esa información empezaban a cuadrar algunas cosas. Por lo pronto, el asesino de Andrea Mérida no había actuado solo; tenía, cuando menos, un cómplice. Conocíamos también lo que había en la muñeca de porcelana. Se me escapaba por qué la mujer había preferido ese escondrijo en lugar de un cajón de la cómoda o una caja de seguridad del banco, pero su decisión había inspirado a Vidal y el campesino de barro de mi abuelo acabó pagando la factura.

Quedaba resolver cómo el manco había averiguado el lugar donde Mérida escondía la póliza. La conclusión más lógica (o tal vez mis ganas de solucionar el caso) apuntaba a la última cena. La costurera le había dicho a su alumna que esa noche, la anterior a su muerte, iba a cenar con uno de sus hijos. De modo que había un Judas. Probablemente el único (nadie había aludido en los interrogatorios a un seguro de vida) que sabía de la existencia de una póliza. Habrían descorchado una botella de champán para celebrar la Navidad. El alcohol y la dicha de sentirse acompañada habrían vuelto indiscreta a la mujer. Y confiada también.

El invitado a la cena no sólo le sonsacó el lugar donde estaba el contrato sino que también aprovechó un descuido para envenenarla. La vendió por treinta mil monedas. Quien quiera que fuese tendría la intención de regresar al día siguiente, a confirmar el éxito del matricidio y a recoger las ganancias. Pero una vecina entrometida le jodió los planes. La casa se llenó de policías y, encima, el puntilloso de Álvarez se empeñó en mantener el lugar del crimen vigilado las veinticuatro horas.

Desesperado, Judas recurrió al manco (más valía la mitad de treinta mil que la suma de nada) para recuperar el documento y repartirse el botín. Como al asesino no le convenía que lo vieran rondando la casa, a Vidal le dejaron el trabajo más duro. Así, mientras el compinche le organizaba la maniobra de distracción callejera (la cosa duró más de diez minutos, por mucho que el agente Ramos dijera lo contrario), el asegurador entró en escena: abrió con la llave de su cómplice, se llevó la muñeca de porcelana y, de camino, vació la vejiga en el baño de la muerta. O los nervios o la manquedad hicieron que dejara el retrete lleno de salpicaduras. Y se le vieron las enaguas en todo aquello.

Para un trabajo como el mío, suerte y casualidad son dos amantes esquivas de las que no conviene fiarse demasiado: por la noche te prometen amor eterno y, al amanecer, se vuelven amnésicas. Jamás, por tanto, juego a la lotería ni apuesto a las quinielas ni relleno primitivas. Reconozco que alguna vez he comprado un número de la ONCE pero más por echarle un cable a Amaranto, el ciego que los vende en la esquina de Mesa y López, que por auténtica fe de jugador.

Por todo ello, al día siguiente, en la administración que regentaban Tomás Cardenal y Ogadenia Figueroa a la sombra del Ayuntamiento, no acabé de aclararme si tenía que rellenar siete o catorce casillas ni cuánto costaba la apuesta ni qué día se jugaba cada cosa. Eso sí, gracias al tremendo caos que se formó en la cola a cuenta de mis dudas tan poco existenciales, fue como descubrí dos verdades irrebatibles: Ogadenia era cubana hasta la última curva de su cuerpo y Tomás olía a cebolla manida de la cabeza a los pies. La extraña pareja bregó por explicarme, a dos voces y cuatro manos, los misterios de los juegos de azar. Y la parroquia de apostadores se fue encabritando de impaciencia. Antes de que se armara la de Dios es Cristo, le rogué a Cardenal (fue puro ruego, invocación sagrada casi, producto del desmayo que los efluvios del lotero me estaban provocando) que regresara a su cubículo y siguiera atendiendo a los demás jugadores, En serio, de verdad, no se moleste; vuelva a su puesto que yo no tengo maldita prisa.

Los ánimos parecieron serenarse cuando Tomás retornó a la guarida de cristal blindado. Una vieja que había venido a cobrar un premio exiguo para reinvertirlo de un modo inexplicable y suicida me miró con irritación y susurró algo que sonó a epitafio, Aquí se viene sabido o no se viene. La vieja llevaba una rebeca rucia de un color ambiguo entre marrón y mostaza, y una falda de cuadros desmadejada. El monedero negro parecía un perro cansado en su regazo. Las manos, surcadas de venas cárdenas, contaban los billetes con avidez. Por lo que pude escuchar, gastaba ochenta euros por semana en distintas apuestas. Lo mismo que Vicente Dorta en putas. ¿De qué necesidades se estaría privando ella para pagar su debilidad?

Ogadenia tenía una risa cantarina y hechicera. Cuando reía, uno quedaba prisionero de su boca igual que un zorro en una trampa furtiva: cuanto más tirabas para soltarte, tanto más se abrazaba a tu cuello aquella cuerda de dientes blanquísimos. No parecía importarle la cercanía de su marido. Coqueteaba sin rubor. Te colmaba los oídos de carantoñas (No, mi cielo; claro, mi *amol*; ¿qué cosa más tú quieres, vida?) y cruzaba los brazos y te contemplaba, presumida, mientras una mano grandota de uñas rojas se acariciaba la cadera como alisando una arruga inexistente. En una de esas, reparé en las miradas que le echaba Tomás desde el otro lado de su jaula y comprendí que la contabilidad del negocio era el menor de sus problemas.

La Figueroa era una picaflor. No se aguantaba mucho tiempo en el mismo lugar. Se molía enseguida con la rutina. Necesitaba el cambio como el comer. Le aburría el reposo. En la media hora aproximada en que estuve en el bazar de lotería, regaló sus encantos, además de a mí, a tres hombres y a una mujer. No hacía distingos en el cortejo. Al final, uno se enamora (tal vez enamorarse no fuera la palabra) de la persona y no del sexo de la persona. El problema de Tomás Cardenal parecía más embarazoso de lo que yo creía en un principio: se le había juntado el hambre de su olor con las ganas de comer de la cubana. Y su matrimonio terminó siendo de conveniencia, puro teatro. Acabé comprando un billete de lotería igual que siempre, más por lástima hacia el vendedor que por la ilusión del premio. Salí de allí con la absoluta convicción de que Cardenal no había tenido nada que ver en la muerte de su madre. Pero necesitaba asegurarme. De manera que esperé en la calle a que cerrara la tienda para abordarlo.

Hacía frío. El callejón era estrecho y oscuro. Las Casas Consistoriales, más altas, con más hechura, habían acabado por aplastar de humedad y desánimo la administración de lotería de Cardenal. Busqué amparo en los soportales del Ayuntamiento. Me senté en las escalinatas. A las ocho en punto apareció Ogadenia. Llevaba una chaqueta vaquera sobre el vestido de gasa y un bolso enorme de colores chillones. Taconeaba con brío. Cruzó la plaza hacia la Catedral. Allí paró un taxi, se subió y desapareció dejando un rastro de lascivia a su paso: hasta los perros de bronce de Santa Ana se giraron a mirarla.

Veinte minutos después salió Tomás. Bajó la cancela de la tienda con un ruido estruendoso. Echó el candado y comenzó a caminar distraído, sin esperanza, con las manos en los bolsillos. Cruzó bajo los nueve arcos del Ayuntamiento hasta Espíritu Santo. Nadie lo miró. ¿A quién le interesaba un desgraciado más? A esa hora era difícil mantener la discreción. No había ni un alma en la calle. Mis pasos resonaban en el empedrado como el eco de los suyos. Cardenal andaba despacio. Dos veces miró hacia atrás y dos veces le sonreí. A la tercera se detuvo y me esperó. Y a mí me pareció que no tenía sentido marear más la perdiz. Me presenté de nuevo, pero esta vez de verdad.

No hacía falta ser un lince para entender que mi presencia en su administración no obedecía a mi afición por las apuestas. Le expliqué la auténtica razón de mi visita. El tipo ladeó la cabeza. No acababa de comprender en qué consistía mi trabajo. Según tenía entendido, los detectives nos dedicábamos a seguir a maridos infieles, a empleados desleales o a enfermos imaginarios que pretendían cobrar una pensión sin merecerla. Y Tomás Cardenal no era ninguna de esas tres cosas.

Su actitud, a pesar de todo, no llegaba a ser de asombro ni de desconfianza. Había más bien un algo de rendición, de conformismo. Parecía que llevara esperando un encuentro así desde hacía tiempo. No conmigo. No en aquellas condiciones. Pero sí una ocasión para desembarazarse de la losa que había tenido que sobrellevar toda la vida. Porque el resto del mundo lo había mirado siempre con admiración: el hermano mayor, el más sensato, el más afortunado. Y a nadie se le había ocurrido preguntarle a él.

Sabía que yo sabía que su historia era un paripé. ¿Había oído yo la máxima de afortunado en el juego, desafortunado en el amor? Pues era una macana como la copa de un pino. Y Tomás Cardenal, el ejemplo vivo: si la tienda de loterías le hubiera dado suficiente dinero, se habría desecho ya de Ogadenia Figueroa; si Ogadenia le hubiera dado suficiente amor, le habrían importado un huevo los disgustos con la tienda. Sin embargo, ni una cosa ni la otra y la casa sin barrer. Una mierda de vida, lacia e insustancial, que no lo llevaba a ninguna parte. Ni la luz al final del túnel le valía a esas alturas.

Vivía en un tercer piso sin ascensor de Hernán Pérez, en San José. Desde hacía año y medio. ¿Antes? Antes se había creído el rey del mambo. Había comprado un dúplex con terraza y vistas al campo de golf en La Minilla. Un director de banco con cara de huéleme el culo lo convenció de que podría disfrutar de ese ritmo de vida para siempre y sin inmutarse. Y le puso delante un suflé envenenado: una hipoteca que fue creciendo hasta los mil setecientos euros. Sí. Porque, para más inri, se creyó la milonga de que si la suscribía en yenes japoneses aún le daría para viajar con su mujer a La Habana todos los veranos. Eso fue lo que le prometieron. Y lo que él, a su vez, prometió a Ogadenia Figueroa: una casa como en las películas y visitar a la familia el mes de agosto. Pero no podía durar.

Y no duró. El yen se disparó. El euro se fue al carajo. La tienda de loterías era un saco de deudas. Y el sueño a hacer puñetas. ¿Y ahora? Ah, amigo. Ahora ya lo había visto yo. De alquiler en un piso de sesenta metros cuadrados con vistas a un solar de escombros y una parada de guaguas. El dúplex se lo quedó el mismo tipo que lo había convencido de que la vida era una tómbola, tom, tom, tómbola de luz y de color. Como me lo estaba contando. Al no poder pagarla, el banco sacó la casa a subasta y la vendió por algo más de la mitad. Y la compradora resultó ser la esposa del de la cara de huéleme el culo, ojalá le reviente la boca una bola de golf perdida.

Se la quedaron con lo que había dentro. Ogadenia y él acabaron mudándose a Hernán Pérez apenas con la ropa y los portarretratos. Con eso, el cuarenta por ciento de una deuda rancia que sabía a vinagre y la semilla del desamor esparcida por las cuatro esquinas de su vida. ¿Dónde andaba su mujer? Tomás no lo sabía pero podía suponerlo. En La Pequeña Habana o en El Malecón o en cualquiera de los garitos donde se reúnen los cubanos en Las Palmas a bailar y quererse. No volvería hasta después de las doce con olor a sudor y a hombre y a candela. No podía recriminárselo, ¿verdad? Él, Tomás Cardenal, olía peor que todo eso junto. Claro que, cuando todo iba bien, cuando los mojitos en la terraza con el sol escondiéndose en el horizonte, cuando los camareros de los restaurantes les hacían la pelota y los cajeros les sonreían, a la Figueroa le importaba una pinga a qué olía su marido. Tenía vestidos, joyas, zapatos, viajes… ¿qué más daba? Pero fue llegar a San José y volverse exquisita.

Fui incapaz de rechazar su invitación. Lo último que esperaba de Cardenal era que, aprovechando la ausencia de Ogadenia, quisiese convidarme a una cerveza. Pero quiso. Y yo no tuve corazón para negarme. Ahora bien, si confiaba encontrar un hogar misérrimo en el que todo sonara a fracaso no fue así. Hallé, en cambio, una casa muy poco decorada y, por eso mismo, estilosa y pulcra. Tomás había decidido que su sala de estar (no tuve ocasión de ver nada más del piso de Hernán Pérez) tuviera una cosa de cada, de modo que no desentonaran entre sí: una mesa de comedor; un sofá color ceniza; una librería de Ikea; un jarrón chino; un candelabro de metal; un portarretratos; una lámpara de pie; un cenicero metálico; una daga ondulante, de esas moras, con empuñadura de pedrería, un libro (en puridad, eran dos: los tomos del Diccionario de la Real Academia Española); un mueble bar con ruedas. Me resultó genial, brillante, cínica esa manera de enfrentarse a la contrariedad.

También me había ido mentalizando desde la plaza del Espíritu Santo, cuando la invitación, a un cuchitril pestilente y viciado. Había ido ensayando muecas de disimulo para no afrentar a Tomás Cardenal a cuenta de su olor. Pero no me hicieron falta. Su sala de estar olía a un recuerdo: al patio de piletas de mi madre, a ropa restregada con sacrificio, a jabón Lagarto. Eso. Una fragancia ligeramente ácida, áspera como de limonero sin limones. Lo achaqué a un velón grande y amarillo cuya llama titilaba nerviosamente en el centro de la mesa.

Cardenal se disculpó cuando trajo la bebida. Dos años antes me hubiera dado a elegir entre media docena de cervezas: negra o rubia, de trigo o de malta, de abadía o de importación. Ahora sólo podía permitirse una sin pedigrí, de nombre y origen desconocido, a cero treinta y cuatro la lata en las ofertas de Carrefour. Lo mismo ocurría con las almendras y las aceitunas: aquéllas las compraba crudas y las tostaba él mismo; éstas las vendían en el mercado de Vegueta a cucharones y Tomás les hacía un majado de ajo y pimentón para darles cuerpo. Se había habituado a hacer, de la necesidad, virtud.

Se sentó en una de las sillas (el único mueble repetido de su sala de estar) para dejarme a mí la comodidad del sofá. Apoyó el codo sobre la mesa del comedor. Acercó el cenicero a su esquina. Encendió, con la llama de la vela amarilla, un cigarro sin filtro, hecho a mano con las hebras sobrantes de otro pitillo. Y se dispuso a hablarme de su madre. Porque era de eso de lo que yo quería hablar, ¿verdad? De Andrea Mérida.

Quiso comenzar por un final seco y tajante, Yo no la maté (su voz opaca resonó en la estancia), para luego regresar al principio de los tiempos, cuando Dios creó a Adán y Eva a su imagen y semejanza. Yo debía saber que, en su familia, Adán se había llevado la parte del león y, desde luego, no hubo manzana de la discordia. Su madre jamás le llevó la contraria al coronel, al menos abiertamente. Aguantó el chaparrón, como muchas madres de la época, con estoicismo y sentido práctico. Y se dedicó en cuerpo y alma a sacar adelante a sus tres hijos. No hubo en ningún ejército mejor intendente que Andrea Mérida. Con cuatro perras fue capaz de alimentarlos, vestirlos y ponerlos en el mundo con una dignidad a prueba de bombas.

Ahora, después de su muerte, Tomás le reconocía el mérito. Reivindicaba la figura materna casi como una cuestión de justicia. La prueba estaba allí, en aquella modesta sala de estar, en las almendras y las aceitunas, en la decoración, en el perfume aséptico del jabón Lagarto (sí, se trataba de jabón Lagarto; lo mejor para mantener alejados otros olores). Cardenal había aprendido de su madre a sobrevivir a los inviernos y el suyo prometía ser largo y frío.

Me pareció de ley dejarlo hablar. Lo hacía más para sí mismo que para convencerme a mí de nada. Ni siquiera esperó a que yo preguntase, a que interviniese con algún comentario. Eligió los recuerdos que más le convenían, los que mejor mostraban a la auténtica Andrea Mérida. Una mujer tenaz e inteligente. La falta de cultura la compensó con creces con un instinto salvaje (hablaba de ella como si fuera una tigresa) de supervivencia. Si el destino les hubiera deparado un cambio de papeles (que su madre, por ejemplo, muriera treinta años antes que su padre), ahora estaríamos hablando de una tragedia. Los tres hermanos serían unos desquiciados. Hubieran acabado por matar al viejo. Y hubieran quemado la casa con él dentro.

Por eso le resultaba grotesco, incomprensible lo del crimen. No había nadie que pudiera odiarla hasta ese punto. Tomás había estado pensando mucho en los motivos por los que alguien quisiera asesinarla y no se le ocurrían. Impensable. Era consciente de que la policía sospechaba de ellos pero esa teoría no soportaba ni la llama de su vela amarilla. Ni hablar: ninguno de los tres hubiera podido hacerlo. Álvaro estaba preso por sus malas compañías, de acuerdo, pero le faltaba sangre para matar a nadie. Y Sara bastante tenía con imitar a Andrea, con salvaguardar a sus hijos frente a un padre cabrón. Y él, Tomás, estaba agotado, desencantado de la vida, más cerca del suicidio que del asesinato.

No bromeaba. Más de una vez había soñado con mandarlo todo a la mierda. Con reservar un hotel del sur. Cenar en el mejor restaurante. Beberse una botella de ron Zacapa. Contratar a una chica de compañía, una de esas mujeres altas y elegantes que salen en las revistas y huelen a azahar. Pasar una noche triunfal entre sus brazos. Dormir a pierna suelta. Y tirarse por el balcón a la mañana siguiente, después de un desayuno con fresas y champán.

La idea era un cóctel de película americana y noticias de sucesos. Se la habían dado Al Pacino y un pibe de veinte años, un turista irlandés que se había roto la crisma contra el bordillo de la piscina de su hotel jugando a hacerse el héroe o el gracioso o las dos cosas. Lo llamaban *balconing* o una pollabobada por el estilo. Pues Tomás Cardenal había trazado un plan. Ya tenía la fecha. Y el hotel. Y la suite, en una sexta planta para garantizar el castañazo, que no era cosa de quedar inválido de por vida, encima de cornudo, apaleado. Y ¿a que no sabía yo qué?

Fue Andrea Mérida la que le salvó la vida. Juradito por Dios. Su madre. Porque Tomás había pensado en un último guiño, la guinda del pastel, el definitivo corte de mangas que le iba a dar al mundo entero. Y, cuando hablaba del mundo entero, sin duda pensaba en Ogadenia Figueroa. En este punto se levantó de la silla, fue al mueble bar, abrió una gavetita lateral y sacó un sobre azul. Me lo entregó, Léalo, Blanco; ya no puede hacerme daño la verdad.

Era una reserva de Internet. De un hotel cinco estrellas de Meloneras. A nombre de Tomás Cardenal Mérida. Para una sola persona y una sola noche. Una suite principal. Y, lo mejor, la fecha: entrada el treinta y uno de diciembre y salida el uno de enero. La cena de fin de año y el desayuno relumbrante venían en la factura. Miré a Tomás. Repetí en voz alta lo de la salida el uno de enero. Mi anfitrión bromeó, Y menuda salida hubiera sido, ¿eh?

Me pregunté por qué no había mostrado ese comprobante al inspector Álvarez. Cardenal me leyó la duda. Se acarició el mentón. Y argumentó con indiferencia sus razones: porque no tenía intención de compartir con nadie sus propósitos, la muerte es algo muy íntimo, lo más íntimo que existe. No. Me lo mostraba a mí porque le salía de los huevos. Y para que supiera que era un jodido cobarde. Podría haber seguido adelante con el plan pero un remordimiento lo detuvo. No podía hacerle eso a su madre. No antes de averiguar quién la había matado. Luego, ya se vería. A lo mejor le regresaba el coraje.

Comprendí entonces a qué había venido la invitación a la cerveza, la confesión, el tono amigable y amargo de Tomás Cardenal aquella tarde. Quería que yo le contara lo que sabíamos del crimen. Un chabacano, un vulgar quid pro quo. Qué cabrón. Me había puesto en las manos su secreto más íntimo, se había abierto el pecho de par en par, para que yo no pudiera esconderme tras la cortina de la discreción y la reserva. Y estuve a pique de caer en el lazo. Pero me acordé de la sonrisa embrujadora de Ogadenia Figueroa y me pregunté si no estaba siendo objeto de una estafa.

Entonces el cobarde fui yo. Por si acaso, le devolví el documento, me levanté del sofá y le agradecí las almendras y las aceitunas. No podía corresponderle, igual que no podía compensarle por la pérdida de su madre. Yo también esgrimí mis dos razones. Una, porque la información relevante del caso la conocían Álvarez y sus hombres; a mí sólo me dejaban asustar a los conejos, las escopetas las llevaban ellos. Y dos, porque me barruntaba que la policía estaba a punto de detener a alguien y no era cosa de joder el arresto. Cardenal lo entendió. O fingió entenderlo. Un brillo liviano apareció en sus ojos. Una mueca sutil en los labios. Para ser un hombre derrotado y sin esperanza, lo había reanimado la noticia. No habló más. Me siguió hasta la puerta y me ofreció una mano sudorosa y febril cuyo olor, esta vez sí, me acompañó a casa como una sombra.

A la mañana siguiente, después de unos días grises, retornó el sol. Y yo tuve que madrugar. El brazo volvía a ser del todo mío. Me dolía como si me hubieran disparado un tiro en un burdel. Pero no estaba dispuesto a embotarme más con medicamentos para aplacar el dolor. Puse a calentar la cafetera. Me duché con agua fría. Me vestí con pesadez. Me tomé una taza de café. Y me fui al parque.

El grupo de mujeres andaba de cháchara alrededor de un banco de madera roja. Una de ellas (la única que permanecía de pie) llevaba un carro de bebé que zarandeaba sin ganas arriba y abajo mientras hablaba. El piso del parquito estaba hecho de un material blando y acolchado para evitarles chichones a los niños. Me pareció flotar sobre las grandes baldosas cuadradas. Sara Cardenal fumaba con cierto rubor, mirando a todos lados como si alguien pudiese aparecer de pronto a reprocharle un vicio tan abominable. Luego supe que no, que aquel gesto estaba motivado por otras razones.

Interrumpieron la conversación para mirarme, cada quien a su manera. Una mostró interés, se atusó el pelo y emparejó el vestido gris para que, incluso sentada, le quedara uniforme a la altura de las rodillas. Otra no supo o no quiso o no pudo evitar un rictus de fastidio, a qué venía yo ahora a incordiarlas en su único momento de descanso. La mamá frenó su arrullo y mantuvo el carrito pegado a su lado, por si mis intenciones no eran del todo amistosas. La mirada de Sara se tiñó de desconfianza y de temor, una mirada dálmata para la que, con franqueza, no tuve respuesta. Me disculpé por la intromisión, me presenté y expuse llanamente quién era y qué buscaba.

La mujer coqueta pareció decepcionada. La altiva miró a Sara por si necesitaba que la defendiera de algo. La mamá del carrito se sosegó y volvió a acunar a su niño con un chasquido monótono y lento de la lengua contra el paladar. Sara se levantó del banco, apagó el cigarrillo en el borde de una papelera y lo tiró dentro. No dijo nada. Sólo echó a andar despacio: lo que tuviera que decirle el hombre inoportuno no tenían por qué escucharlo sus amigas del parque.

Caminamos un rato (ella un paso por delante de mí) sin hablar. Cruzamos una calle que aún no había despertado (eran las nueve menos diez) al tráfico. Sara buscó la acera más soleada, ya bastantes sombras tenía en su vida. Cuando rompió el silencio no atiné a comprender lo que decía. Tuvo que repetirlo más alto, Digo que no me importa lo que le haya podido ocurrir.

–¿A quién?

–¿A quién va a ser? A Vicente.

–Y ¿por qué le ha tenido que ocurrir algo?

–No sé. Lleva dos días sin pasar por casa. Y han llamado del trabajo para preguntar por él.

–Pues tanto que lo siento, Sara. Pero yo vine a hablar con usted, no con su marido.

–¿No es policía?

–¿Quién? ¿Yo? ¿Está de guasa? Quite, quite. Con la que está cayendo, es lo último que me gustaría ser.

–¿Entonces?

–Entonces, volvamos a empezar desde el principio a ver si nos aclaramos. Mi nombre es Ricardo Blanco. Soy detective privado. Como ve, nada más lejos de los detectives del cine: no llevo gabardina ni sombrero; no voy armado ni escupo tabaco ni soy un tipo duro. Investigo la muerte de su madre. Sí, lo sé. Suena extraño. Debería haber un cliente y ni usted ni sus hermanos me han empleado. Es una historia larga y aburrida. El caso es que aquí estoy y me gustaría hablarle.

–De mi madre.

–De su madre, sí.

El testimonio de Sara Cardenal comenzaba como el de su hermano Tomás. Pero a mitad de trayecto se desviaba por otros recovecos más íntimos y escabrosos. Andrea Mérida fue una mujer de su tiempo, con carácter, fiel a su marido, batalladora, pero como madre se le veía el plumero. Siempre mostró debilidad por sus hijos varones. Quizá fuera porque Tomás era el primogénito y Álvaro el benjamín. Quizá por culpa de la época tan chinchosa que le tocó vivir. Quizá para contrarrestar la severidad con la que su padre trataba a los chicos. Sí. El coronel dirigía la casa como si fuera la batalla del Ebro: las órdenes se acataban sin rechistar, todos tiraban para el mismo lado y no se admitían deserciones. En cualquier caso, por una cosa o por otra, desde niños, Andrea fue más estricta con ella. No quería decir cruel ni injusta, sólo estricta.

Le había exigido más. Lo que le perdonaba a sus hermanos

no se lo permitía a ella. Solía repetir una frase: guarde usted a sus gallinas, que mi gallo anda suelto. Menuda filosofía, ¿eh? Al carajo con la escuela socrática. Para principios, los de Andrea Mérida. Y los llevaba a rajatabla. Mientras Tomás y Álvaro disfrutaban de toda la libertad del mundo para cortejar a las chicas, los muchachos que pretendían a Sara tuvieron que pasar las doce pruebas de Hércules y ninguno de ellos soportó el suplicio. Salían escopeteados a las primeras de cambio. Por eso acabó con Vicente, que fue quien más aguantó. No, claro que no culpaba a su madre de su mala elección. Pero no podía esconder que se casó con él para joderla. Y así le fue.

Uno toma decisiones que le cambian la vida, en un momento en el que debería estar simplemente viviendo. En efecto, a los veinte años, una muchacha debería andar preocupada tan sólo por sus exámenes en la universidad. O por el traje que va a ponerse en la fiesta de fin de año. O por sus ideales de un mundo más justo. Sara, no obstante, conoció a Vicente, creyó enamorarse (tampoco tenía con quién contrastarlo; Dorta había sido su único amor), dejó de estudiar y renunció a sus ideales. Así que a los veinte años ya había tomado todas las decisiones equivocadas que le correspondían en el cupo. Y total, ¿para qué? Para convertirse, con el tiempo, en un mísero reflejo de Andrea Mérida. Para ser la señora de, la madre de, la hija de, y jamás y nunca Sara Cardenal.

Podía seguir contándome sus fatigas pero yo había ido a verla para hablar de su madre y ella se estaba yendo por las ramas de la desilusión. ¿Había dicho ya que no tenía nada que ver con la muerte de Andrea? ¿No? Pues me lo decía ahora mirándome a los ojos por si yo era de esos que se encomendaban al lenguaje de los gestos. Nada que ver. Era cierto que no estaba con su madre a partir un piñón pero, a pesar de todo, la quería, la respetaba y, lo que era más importante, con los años había llegado a entenderla. Me pareció muy sólido su alegato. Salvo por una cosa: una pequeña, liviana y, en apariencia, inocente grieta que a mí no se me había escapado. ¿Qué significaba eso de «a pesar de todo»?

La pregunta la pilló a traición. Le despeinó la pose. La mirada se le escapó durante unos segundos. Suspiró. Perdió el hilo de la confesión. Y, cuando volvió a retomarlo, me miró como si me viese por primera vez. Igual que un minero, excavando en sus recuerdos, había topado con una roca dura que no supo romper. Lo intentó, sin duda, pero dolía demasiado. Yo lo dejé correr. No tenía prisa.

Llegamos a su casa. En los bajos de su edificio, una dulcería alemana de medio pelo afirmaba tener la mejor tarta de zanahoria de la ciudad. Le propuse a Sara probar a ver si era cierto lo que rezaba el cartel. Cardenal sonrió por vez primera también y aceptó la propuesta, De acuerdo, pero con una condición: usted se pide brazo de gitano de chocolate, yo la tarta y compartimos; es que me encantan los dos postres y nunca tengo ocasión de juntarlos en un mismo desayuno.

–Me parece justo.

–Otra cosa: ni se le ocurra mencionar lo que engordan. Ya bastante tengo con mi marido en casa.

–No se me ocurría. Además, usted no parece tener problemas con el peso.

–Uf, no sé si es bueno como detective, Ricardo. Pero miente fatal.

Estuve a punto de responder que ella también pero apareció una camarera alta, morena y muy poco alemana pese a llamarse Freda (llevaba una etiqueta prendida en su pechera), con las tartas. Sara comió con ganas, acaso por los nervios de hablar de intimidades delante de un extraño. Un rubor avivaba sus mejillas, tal vez debido al té de Ceilán que bebía a sorbos muy pequeños. Al menos en lo que a dulces se refería, tenía buen gusto: estaban exquisitos. Cuando acabamos, le pregunté por la relación que mantenía con sus padres y sus hermanos. Y volvió el desasosiego.

Era improbable que aquella mujer tuviera nociones de ajedrez pero desplegó la defensa india como una campeona. Me dejó el centro del tablero a mí y alineó todas las figuras protectoras que pudo delante de su rey. Expuso a Andrea, a Tomás, a Álvaro (piezas intrascendentes) para evitar hablar de quien más le dolía: el viejo coronel.

Cambió de tercio, esta vez sin inmutarse. Ella tampoco podía justificar la muerte de su madre. No le hallaba explicación. La suya era una familia como tantas: unidas en la base pero, una vez que los hijos crecen y se independizan, predispuesta a desbaratarse. Cada uno intenta ganarse la vida como puede. Mientras todo va de cara, se les supone una felicidad discreta. Pero luego estalla la crisis y los coloca a todos en su sitio. Hasta Tomás, a quien se presumía más desahogado, las estaba pasando putas. Álvaro, por su parte, siempre había sido el tarambana, el mimado, así que a nadie le extrañó que se metiera en líos.

Pero, eso sí, ninguno de los tres era un asesino. Por mucho que le jodiera al inspector ese como se llame.

Rompí una lanza a favor de mi amigo. El inspector ese se llamaba Gervasio Álvarez y era un buen hombre. Se tomaba en serio su trabajo y nada le quitaba el sueño tanto como las injusticias y los atropellos, lo cual era más de lo que solía verse por estos pagos. Si en algún momento le había resultado antipático, Sara debía achacarlo más al cargo que ocupaba que a su manera de ser. Yo lo conocía desde hacía varios años y siempre se había comportado de un modo franco y sin aristas: si tenía algo que decir, lo decía; si no, callaba como un muerto. No era hombre de andarse por las ramas. ¿Admiración? Sin duda. Pero que Sara no se confundiese: no era una admiración crédula y bobalicona. Mis sentimientos hacia el policía se habían fraguado a base de haberlo visto jugarse el pellejo muchas veces por aquello en lo que creía.

Se me ocurrió, aprovechando que la mujer andaba distraída con el último pedazo de brazo de gitano, que no iba a tener otra oportunidad como aquélla para sacar a relucir una verdad que presentía desgarrada. Fui esquivando las demás piezas del tablero hasta llegar a la que me interesaba de verdad. Y es que mi relación con Álvarez venía a ser como la de un hijo con su padre. ¿Podía imaginarlo Sara? ¿Recordaba al coronel Cardenal? No hizo falta que dijera nada para comprender hasta qué punto el jaque le había hecho daño. ¿Cómo no recordar al coronel? Sara abandonó los cubiertos. Se limpió la boca con la servilleta. Puso las manos entre las piernas, como una niña. Hundió la cabeza entre los hombros. Escondió el rostro tras el velo de su cabello lacio. Y se abandonó a la pena.

La dejé llorar. En silencio, para no perturbarla, me acabé mi tercer café de la mañana. Me supo a aguachirle. A borras. A culpabilidad. Freda, tras la barra, intentaba comprender lo que ocurría. No pudo reprimir una mirada de asco hacia mí. Y yo no pude recriminársela. No era el causante de los males de los Cardenal pero me había encargado de revolver su mierda como una mosca cojonera. Cuando las presentaciones, debí haberles insistido a todos en ese rasgo del oficio de un detective. No lo hice y, después, me sentí un auténtico estafador, puro fraude. Preferí levantarme de la mesa, pagar y salir de la dulcería y de la vida de Sara para siempre. A fin de cuentas, estaba allí para averiguar quién había matado a su madre y estaba claro que ella no había sido. Pero no anduve ágil y todo se descompuso en un instante.

La camarera llegó en auxilio de Sara (las mujeres han de protegerse unas a otras de tipos como yo), le ofreció asilo político en la cocina y me previno con una voz puritana e implacable de que, si me ponía farruco, podría pasarlo muy mal. Porque su novio era policía y estaba a punto de llegar. No fanfarroneaba: le había mandado un mensaje de móvil hacía un rato. Así que me haría un favor a mí mismo si tomaba la puerta y me marchaba por donde había llegado. Por el desayuno no debía preocuparme: invitaba la casa.

Tampoco me dio tiempo a aceptar la rendición de Freda. Por la izquierda entró de pronto un ropero empotrado vestido de uniforme. La muchacha (su dedo acusador llegó a rozarme la cara) me señaló como el culpable de todos los maltratos. Yo intenté levantarme para explicar mejor la situación, ¿qué se había hecho de la tregua que acababan de proponerme? Pero el policía, novio, héroe todo en uno se tomó mi gesto como resistencia a la autoridad y, de dos manotazos, me arrinconó contra una columna. A Sara, que era la única que podía sacarme del atolladero, se le mezclaron las lágrimas del recuerdo de su padre con las de la vergüenza por tremendo sainete y, ahogada en hipidos, fue incapaz de articular palabra. Pudo, no obstante, haber sido peor. El guapo pudo haber sacado a pasear su arma reglamentaria y a la mierda con todo. Pero resultó que llevaba unos meses practicando no sé qué suerte de arte marcial y quiso poner a prueba sus conocimientos.

No necesitó mucho. Entre que yo no entendía nada de lo que estaba sucediendo y que sólo podía valerme de un brazo, acabé derribado al primer round. Intenté escudarme en el brazo sano para evitar el golpe pero al pibe no le costó esfuerzo inutilizarlo. El resto fue mi cara, mi pecho y mi rodilla a calzón quitado, sin protección alguna, calentados uno detrás de otro. Cuando logré incorporarme, sangraba por la nariz, me costaba respirar, lagrimeaba de dolor, cojeaba y, como en la caída me había llevado por delante una silla de tijeras, llevaba una mordida en la espalda difícil de olvidar.

Al agente de guardia en la comisaría no le hizo ni pizca de gracia ver llegar a una tropa delirante y frenética tan de mañana, justo cuando se supone que menos se trabaja. Pero allí estábamos los cuatro jinetes del Apocalipsis: Sara Cardenal seguía llorando sin remedio; yo había dejado de sangrar, así que le ofrecí mi pañuelo; la camarera chivata no paraba de quejarse por haber tenido que cerrar la dulcería; su héroe de pacotilla le explicaba que se había visto obligada a actuar como lo había hecho, al ser aquél un inequívoco delito de abuso psicológico. Allí estábamos las cuatro estaciones, los cuatro puntos cardinales, las cuatro esquinitas de la cama del rezo: Cardenal abandonaba a ratos su llanto sólo para decir que no, que se trataba de una confusión, pero pronto volvía a cubrirse el rostro con el pañuelo y ya no se le entendía nada; yo seguía cojeando, en silencio, me daba la impresión de que cualquier lamento se volvería en mi contra; Freda comenzaba a dudar si no se habría meado fuera del tiesto, y su hombre perseveraba en su convencimiento, que no, bobilina, que eso dicen todas las maltratadas; y usted no se preocupe, señora, que aquí sabemos manejar a estos abusadores.

Podía considerarme afortunado. Eso me repetían hasta el aburrimiento varios funcionarios durante la mañana, el mediodía y un pedazo de tarde de ese viernes en que me retuvieron en una celda de la comisaría. Afortunado, sí. Porque, en casos como aquél, el detenido se pasaba tres días con sus noches sin salir del calabozo. En casos como aquél, primero disparaban y luego hacían las preguntas. En casos como aquél, al enemigo ni agua. Y de nada servía que la maltratada se desgañitase en el despacho del comisario implorando perdón para el maltratador. De nada. Ya estaban habituados a que la víctima se rajase a mitad de denuncia por miedo a represalias. Era el pan suyo de cada día. Pero ocurrió que, ante la negativa de todos en creerla, Sara Cardenal acabó llamando al inspector Álvarez. Y la última esperanza blanca se presentó allí a eso de las cuatro y media a rescatarme.

Nos cedieron *amablemente* (la amabilidad fue para Sara; a Álvarez lo trataron como a un advenedizo y a mí como a un proscrito) la sala de reuniones de la comisaría. Nos trajeron algo de comer pero, entre que el inspector ya venía almorzado y Sara y yo no estábamos para celebraciones, los bocadillos se amustiaron y los zumos de fruta acabaron por ennegrecer en la bandeja de hojalata. Sólo bebimos agua de una jarra de cristal. Agua para tragar una pregunta que flotaba en el aire: ¿a cuento de qué nos quedábamos un minuto más en aquella comisaría?

Álvarez mostró tres dedos de su mano izquierda, el índice, el corazón y el anular. Primero para joder: sabía que a sus colegas les fastidiaba cederles aquel cuarto sin saber de qué iba la movida. Segundo para calmarnos todos: la imagen de Sara hecha una magdalena y yo como el Cristo de los tullidos lo había desconcertado. Y tercero para saber: ¿dónde coño se había metido Vicente Dorta?

No era una pregunta de cortesía. No había sido formulada al azar ni por romper el hielo. Para diplomacias estaba él con el cabreo que traía. Nosotros estábamos fuera de toda sospecha (algún día alguien tendría que explicarle, sin embargo, qué hacíamos riñendo como enamorados en una dulcería alemana), pero el marido de Sara había ingresado por derecho propio en la lista de sospechosos. ¿Sospechoso de maltrato? También. Dependía del cristal con que se mirara: más de una feminista consideraría lo de putero como explotación sexual. Pero Gervasio Álvarez hablaba de otra cosa. Ni peor ni mejor, sólo diferente.

Hablaba de asesinato o de complicidad para cometer asesinato, lo mismo le daba que le daba lo mismo. Porque Sara y yo debíamos de saber que la descripción que había hecho Cela del asesino de Enrique Vidal (o del cómplice del asesino; eso se vería más adelante) coincidía con Dorta. No. No había error. Para confirmarlo, Álvarez le mostró la foto que yo le había enviado por fax y el aparcacoches lo reconoció al instante. Era él, sin asomo de duda. Ni que decir tenía que dictaron una orden de búsqueda y captura y que no lo encontraron ni en el trabajo ni en su casa ni tampoco (se disculpó con los hombros ante Sara) en el burdel de Pamochamoso. Estaba en paradero desconocido. *Missing* total.

La mujer no movió ni una ceja al escuchar lo que acababan de revelarnos. Fijó los ojos en la fotografía de Juan Carlos I (¿eran cosas suyas o el Borbón estaba avejentadísimo?) que reinaba también en la sala de reuniones y guardó silencio. A Sara se le habían acabado las lágrimas o se esperaba algo así desde hacía tiempo o, quién sabía, intentaba que no se le notase la euforia que le producía librarse de una vez por todas de un desastre de marido. Pero ese mutismo no le servía al inspector. Necesitaba respuestas y las necesitaba ya. ¿Tenía conocimiento la señora Cardenal de una póliza de seguros que su madre había suscrito hacía veinte años? ¿Sabía de algún motivo por el que su marido quisiera matar al asegurador de Andrea Mérida? ¿Estaba al tanto de la relación entre Vicente, un marroquí de nombre Félix y el manco Vidal?

Sara no respondió. Para mí que andaba todavía colgada de un mal recuerdo, el de su padre, al que ahora venía a sumarse otro pensamiento igual de terrible: si su marido había matado a

Vidal, tampoco estaba al margen del asesinato de Andrea Mérida. Era todo tan absurdo, tan kafkiano. Aunque, claro, si Kafka hubiera nacido en el seno de la familia Cardenal, habría sido un escritor costumbrista.

Álvarez insistió en la necesidad de una declaración. Sara debía entender que lo hacía por ella, por liberarla de las suspicacias de sus colegas. Porque otro policía menos amable podría concluir que a Vicente Dorta le habría sido imposible entrar en casa de Mérida y asesinarla sin ayuda de su mujer. Otro policía menos condescendiente tendría dudas acerca de una esposa que permite las andanzas extramatrimoniales de su marido sin una protesta. A otro policía menos comprensivo se le ocurriría, tal vez, preguntarle por ejemplo por una llave. ¿Tenía Sara una llave de casa de su madre?

Cardenal no entendía a qué venía aquella andanada de reproches. ¿De verdad creían que ella había tenido vela en el entierro de Andrea? Miró su bolso, abandonado encima de la mesa con la lengüeta abierta y mi pañuelo manchado asomando por la boca. Metió la mano, rebuscó en el interior y sacó un llavero con forma de corazón. Lo contempló con espanto. Cerró los ojos. Negó con la cabeza. Y, antes de perder el conocimiento, sólo acertó a decir, Debería haber seis.

Pero había cinco. El llavero sólo encerraba cinco llaves. Sara lo aferró con su mano derecha y apretó hasta hacerse una rozadura. No hubo tiempo de continuar con las preguntas. La mujer se desvaneció, su cuerpo momio encajado en la silla de metal, sus brazos vencidos, su cabeza rendida. Álvarez abandonó la sala y pidió un médico, mientras yo intentaba reanimarla. La acosté en el suelo, le subí las piernas a la silla, y mojé el pañuelo en la jarra de agua para humedecerle la frente y el cuello. Reaccionó muy lentamente: primero abrió los ojos, luego recuperó la respiración y, por último, regresó a una realidad fea y espantosa que llevaba mi cara y mis manos y mi pañuelo. Es lo que tienen las moscas cojoneras: siempre vienen acompañadas de malas noticias.

Era una médica. No supe si fue casualidad o que, por si las moscas, siempre llamaban a una mujer para que atendiera a otra. Pero el doctor que acudió a atender a Sara se llamaba Mercedes Correa y tenía unas tetas y una mala leche que su bata blanca no podía ocultar. Mientras se agachaba junto a Cardenal, le desabrochaba la blusa y abría un maletín de cuero viejo, me ordenó que saliera de la sala. Estuve tentado de glosarle a Mercedes Correa los antecedentes (el exceso de emociones, el crimen de su madre, el abuso de repostería alemana) por si eso podía ayudar a un mejor diagnóstico, pero lo dejé correr: ya bastante había tentado la suerte ese día.

En el vestíbulo, el inspector Álvarez discutía con un colega. No necesité que alzasen la voz o hiciesen aspavientos para deducir que andaban peleando. Ni que el desacuerdo se refería a Sara Cardenal y a mí pero, sobre todo, al caso Mérida porque el inspector respondía con vaguedades a las preguntas del otro. No hallé rastro de Freda y de su novio. Habrían regresado cada uno a sus asuntos: ella, feliz por poder abrir de nuevo la dulcería; él, frustrado por no haber podido probar mi delito. Salí a la calle. La tarde estaba húmeda. El cielo se había encapotado. Y yo tenía más hambre que el perro de un ciego, no había probado bocado desde el brazo de gitano del desayuno.

El parque de Santa Catalina bullía como un zoco marroquí. Tenía el mismo color y, si me apuraban, el mismo olor también. Porque, exceptuando a los viejos jugadores de zanga y dominó que se apiñaban en las mesas cuadradas de mármol gris, el resto del paisaje aparecía pincelado de africanos. Me senté en el Lolita a comer algo: una ración de calamares fritos y una cerveza. En la media hora de mi almuerzo tardío concurrieron cuatro o cinco mendigos a pedir unas monedas, algo para comer, un cigarro. La estrategia del último de ellos me sorprendió. Debía de haber seguido algún curso acelerado de psicología inversa porque el hombre, imperturbable y tosco, pedía para drogas. Así, sin tapujos, sin dudas, sin una sonrisa embelesadora. A quemarropa. Una limosna para comprar droga. Estaba harto de que nadie se creyera su hambre. No le funcionaba. De manera que había decidido cambiar de método y contar la verdad. O mentir, porque la maldita crisis hacía imposible distinguir nada en aquel desierto de desesperanza. La crisis maldita había rasurado el paisaje, había dejado el horizonte todo de un color pajizo, cerúleo, sin alma. Acabé por financiar parte de su dosis. Por sincero o por mentiroso se lo merecía. El tipo no me devolvió ni una mueca. Continuó con su estrategia en otra mesa.

Con el último buche de café sonó el teléfono. Por fin una luz entre tanta tiniebla. Beatriz. Desde su huida de mi casa no habíamos hablado y había tenido tiempo de pensar. Pensaba mucho. Ése era su problema. Había pensado demasiado desde que era una chiquilla y, en el camino, se había olvidado de vivir. Ahora, después de vieja, creía haberse ganado el derecho a pensar menos y vivir más. Por eso me llamaba. Quería verme. Sabía (¿intuía?, ¿anhelaba?) que yo no era como me había dicho. Que lo del burdel habían sido gajes del oficio. Que la herida del brazo (por cierto, ¿cómo estaba?; ¿me seguía medicando?) formaba parte de los suburbios de un detective.

Mi brazo y yo estábamos bien. Tal vez un poco desolados. Él echaba de menos la medicación y yo echaba de menos a Beatriz, que era mi bálsamo contra la tristeza desde la muerte de mi abuelo. Porque yo también me había hartado de pensar. Yo también quería ser feliz. Llevar una vida normal. Alejarme, aunque fuera unos metros, de mafiosos, criminales, extorsionadores y putas. ¿Podríamos vernos esa noche? Claro que sí.

Tendría que ser en su casa. Yo debía recordar que Beatriz era madre y tenía hijos que atender. Pero a las nueve, todo lo más a las nueve y media, los niños ya estarían en la cama y podríamos cenar con calma y sin agobios. Ella asaltaría la bodega de su padre: había un vino de El Bierzo que quería probar. La cena sería sencilla: ensalada de tomate y queso con vinagreta de pesto; y unas croquetas de jabugo que su madre había cocinado a mediodía. Perfecto, pues. No. No me importaba cenar las sobras del almuerzo. Además, con el primer plato iba que chutaba porque había sido un día duro. No tanto como el día de las putas pero casi. Que no fuera impaciente Beatriz Guillén: el carro, después de los caballos. Ya le contaría.

Pagué la cuenta. Llamé a Inés para disculpar mi ausencia del despacho. Ya bastante había trabajado. Le referí por encima la aventura de los mosqueteros en la comisaría. Cuatro, sí. ¿Qué papel era el mío? El de D'Artagnan, cómo no. Y ahora estaba solo: Athos, Porthos y Aramis me habían abandonado a mi suerte. Pero, como no hay mal que cien años dure ni cuerpo que lo resista, Constanza había acudido en mi ayuda y me había invitado a cenar esa noche con un vino de El Bierzo.

Desconecté el teléfono, al carajo con todos. El resto de ese día pensaba dedicarlo a curarme las heridas, a vengarme de un montón de mentiras, patrañas y maltratos. Me propuse llegar a casa, descansar algo, cerrar los ojos aunque fueran diez minutos, tomarme otro café, darme una ducha y acudir a la cita con Beatriz. Y lo último que quería era pensar.

A las nueve y media apagué el motor del coche delante de su puerta. Un perro ladró en un jardín cercano. Los visillos de una ventana temblaron y una mujer de pelo cano y labios de amargura vieja me oteó desde la atalaya de su chalet. Me persiguió con la vista todo el camino de losetas hasta que entré en la casa.

Beatriz esperó a que estuviera en el vestíbulo para darme la bienvenida con un beso algo brusco, febril, aguantado en la boca desde hacía días. Presentí que el retraso en besarme, la búsqueda de un espacio más íntimo, el camuflaje se debía a la vecina cotilla. Que Guillén no quería darle excusas a la vieja para ir desparramando maledicencias por el vecindario. Ella sonrió con travesura. Había acertado. O casi. Su beso buscaba intimidad. Pero la vieja cotilla, por la cuenta que le traía, se cuidaría mucho de airear los trapos sucios. Era su madre. No. Nada de metedura de pata. Yo no tenía que disculparme por haber advertido lo evidente. Su madre era una chismosa que quería controlar el mundo desde su ventana. Así y todo, había que perdonarla: como cualquier madre, pobrecilla, andaba preocupada por Beatriz. Y a fin de cuentas sus intenciones eran razonables: su hija se había equivocado ya una vez al elegir marido; ¿quién le aseguraba que no volvería a ocurrir?

Subimos a la cocina cogidos de la mano. Beatriz llevaba un vestido corto y estampado, con un cinturón azul oscuro que lo recogía en la cintura. Como la escalera era más bien estrecha, ella ascendía un peldaño por encima y eso la incomodaba, No me mires el culo, que te veo. Yo me lo tomé a broma, Es que tienes un culo de mirar, chica. Y ella, bajándose el vestido, No; estoy como una vaca; esta mañana me pesé en la farmacia y casi llego a sesenta. Y yo, ignorante en cuestiones de medidas y pesos, ¿Y eso es mucho? Y ella, Eso es muchísimo; una barbaridad; jamás había pasado de cincuenta y seis. Y yo, Pero es que tú eres una mujer fuerte. Y ella, ¿Fuerte significa gorda? Y yo, Que no, carajo; fuerte significa fuerte. Y ella, entrando en la cocina, Como se te ocurra decir lo de burro grande, ande o no ande, te devuelvo a tu casa sin cenar. Y yo, detrás de ella, Claro;

y tu vecina cotilla va a pensar que tiene razón y su hija no sabe elegir a los hombres.

La cena fue animándose a medida que se asentaba el vino. Ironizamos acerca de lo tontos que éramos: con madres enredadoras, hijos teclosos, ex maridos egoístas, un negocio que iba de culo porque el gobierno no pagaba y ella, Beatriz, preocupada por el peso. Lo reconocía, además, mientras se zampaba una croqueta de jabugo con dos dedos y ponía cara de orgasmo, Joder, la vecina cotilla guisa como nadie en el mundo; estoy tentada de traspasar la farmacia y ponerle una tasca en Triana. No exageraba Beatriz. Yo no sé cocinar. No tengo paciencia para esperar a que las cosas cuajen o se espesen o se trituren o se sancochen. Soy incapaz de acertar con la mezcla ni con la proporción de nada. Pero, en la mesa, sé reconocer el mérito ajeno, y aquellas croquetas (que me perdonara la farmacéutica tremenda cursilada) rozaban la armonía: ni mucha bechamel ni poca carne; la consistencia medida y el fuego justo. Y me importaba un huevo si engordaban. El vino, eso sí, resultó ser un poco áspero. Hermanaba mejor con un chuletón de buey o con un codillo, pero no le hicimos ascos. El secreto era beberlo despacio y enfriarlo un poco más para que no rascase.

Beatriz Guillén me confesó por qué me había llamado. ¿No era porque me echaba de menos? Eso también, qué tolete yo. Me echaba de menos pero quería hablarme. ¿De qué? De nada (seguramente sería una bobería...) y de todo (...pero andaba mimosa). Lo de sentirse gorda y mayor había que considerarlo un síntoma. Lo había visto muchas veces en pacientes que iban a la farmacia buscando el elixir de la eterna juventud o algo por el estilo. Los jodidos periódicos, la radio, la televisión tenían la culpa. A cada rato anunciaban un producto milagroso para perder diez kilos, diez años o diez penas de una sola tacada y entonces una riada de menopáusicas se le aparecía por la puerta. Beatriz intentaba desengañarlas. Les contaba la verdad (o, mejor, la mentira) cara a cara. Sin tapujos. Antes. Ahora no. Ya no. ¿Quién era ella para joderle los sueños a nadie? ¿Que las mujeres creían en la pócima definitiva? Pues adelante con los faroles. El efecto placebo también salvaba vidas.

Y no. Beatriz no estaba empezando a creer en milagros ni mentiras. La menopausia aún no se había apoderado de ella. Pero a veces se sentía sola, a veces tenía miedo, a veces simplemente estaba harta. Que yo no la mirara como a Juana la loca, ¿eh? Solo necesitaba hablar. Escuchar en voz alta lo que llevaba tiempo pensando. Y yo parecía un público entregado. ¿Fiel? Tampoco había que pedirle peras al olmo. Después de lo de las putas tenía que meditar un poco más sobre mi fidelidad. Lo dejaríamos en público entregado. Así, a secas.

De todas las contrariedades que me había enumerado la peor era la soledad. Sí. El miedo te mantenía alerta, el hastío ayudaba a apreciar los momentos dichosos. Pero la soledad te helaba el alma. Se refería, por supuesto, a una soledad impuesta, obligada. A la que te asalta por las noches cuando te desvelan las preocupaciones (pagar las nóminas, la conducta de Pablo en el colegio, los lapsus de memoria cada vez más frecuentes de su padre) y no puedes abrazarte a nadie en la oscuridad, nadie que te responda, Tranquila, ya lo resolveremos mañana, duerme ahora. A esa soledad se refería.

Estaba relacionado su desahogo con una conversación que habíamos mantenido hacía unos meses, cuando la convalecencia de mi abuelo. Yo le había preguntado algo, entonces, que se le había quedado grabado en la memoria. Me temí lo peor: que mi pregunta hubiera sido impertinente, indiscreta o acaso cruel. Mi oficio me había vuelto un bruto. Me rozaba tanto con maleantes que no sabía tratar a la gente de bien. Beatriz me tranquilizó. No había nada de impertinencia ni indiscreción ni, aún menos, crueldad. Todo lo contrario. Sonó más a caricia. La había formulado casi en forma de mimo.

Me moría por saber qué pregunta había sido. Y ella me recordó la escena, hasta el último detalle. Un restaurante marinero en Las Canteras. Un camarero amable y alegantín. Ensalada de arenque con frutos secos y lenguado a la *meunière*. Una noche deliciosa, la noche más fresca de un septiembre abrasador. Beatriz llevaba un vestido azul y un chal color chocolate. Yo había olvidado ponerme chaqueta y me faltó el canto de un euro para congelarme. Hablamos de su trabajo. De que se pasaba la vida pendiente de los demás. Atenta a los horarios, las comidas, las pagas, las medicinas de los otros. Y yo, de repente, le había hecho una pregunta que la desarmó: ¿y quién te cuida a ti?

Al principio no se dio cuenta. La frase se mezcló con otras frases de la sobremesa, se confundió con ellas y pareció llevársela la brisa. Pero luego ocurrió como con la gripe, que uno va incubándola unos cuantos días, antes de que estalle. Así sucedió con la dichosa frase machacona. Estuvo pululando por la casa, por la farmacia, por la clínica donde mi abuelo se moría;

de madrugada, de noche, mientras conducía, cuando hacía la compra, bajo la ducha, despierta, dormida y hasta en el duermevela. Estuvo una semana hasta que ya no pudo más y reventó. ¿Cuándo?

En el peor momento, las desgracias no avisan. Justo la tarde en que enterramos a Colacho. Beatriz se había volcado en atenciones para con el viejo y conmigo. Había echado más de una tarde y de una noche a cuidar de nosotros. Y había creído que, después del desenlace, ella y yo buscaríamos un hueco para descansar. Que transitaríamos juntos aquel desierto. Que capearíamos codo a codo el vendaval que se había levantado aquel septiembre. Sí. Juntos. Lejos del trabajo. Lejos de todo. Y yo, menudo miserable, la defraudé.

Fraude no era la palabra. Más bien tristeza, decepción. No me estaba recriminando nada, ¿de acuerdo? Bastante había tenido yo con lo mío. No. Ocurrió que mi dolor fue tan lacerante que no quise compartirlo con nadie. Me desaparecí del mapa. Se me tragó la tierra. Y ella se sintió doblemente sola: sola y decepcionada.

Me entraron ganas de comérmela a besos. De implorar su perdón de rodillas. De hecho, hice el gesto: dejé los cubiertos en el plato, me levanté de la silla, rodeé la mesa, me agaché. Y cuando iba a disculparme por esos meses desagradecidos y espantosos que le había hecho pasar, apareció Pablo, el mayor de sus hijos, en la cocina. Venía descalzo, con su pijama azul del Real Madrid y un ojo cerrado de legañas. Su hermana estaba vomitando en la cama. Beatriz maldijo entre dientes, me hubiera gustado creer que por la interrupción de mi beso. Su disgusto, sin embargo, estaba dirigido a otro hombre. A César, su ex marido, el culpable del empacho de Marta.

Era lo que intentaba decirme hacía un instante. La soledad de mierda. La incomprensión. Ella se esmeraba en que los chiquillos comieran sano, en que tuvieran siempre zumos, fruta, bocadillos de jamón o mortadela. Y su *ex* le desmontaba la estrategia con bollos, chocolatinas y refrescos que les destrozaba el estómago. Lo hacía por dejadez, por no discutir con sus hijos o por joderla a ella no más. Pero lo hacía una y otra vez. Todas las tardes que Marta y Pablo pasaban con él. Siempre el mismo guineo.

En lo que la farmacéutica acudía a atender a la niña, Pablo se sentó a la mesa y se puso a observarme con terquedad. No decía nada. Sólo me miraba como si fuera un animal extraño que se hubiera colado en su cocina. Como miraría a una salamanquesa en la pared, aguardando a ver si era peligrosa o no. Le propuse que me ayudara a recoger la cena y a lavar los platos. El chiquillo no se inmutó. No abrió la boca. Se restregó el ojo legañoso para poder analizarme en tres dimensiones. Sólo cuando me puse a vaciar la sobras de los platos en la basura y me remangué la camisa y agarré el jabón de fregar, decidió que mi propuesta era sincera, que la salamanquesa no mordía y que podía ayudarme sin peligro.

Me presenté, Hola, mi nombre es Ricardo. El niño respondió, levantando la cabeza y arrugando la nariz (debía de llevar gafas por el día), ¿Eres el novio de mamá? Y yo, atrapado en un renuncio, Soy un amigo de tu madre; no hace tanto que la conozco para ser su novio. Y él, calculando fechas y posibilidades, Yo conocí ayer a una niña de Cuarto C y ya somos novios. Y yo, intentando que no se me notara el asombro, ¿Ya?; cara...mba, sí que te das prisa; pero es que tú eres un tío guapetón y las chicas se pelearán por ser tus novias; a mí no me pasa eso, yo necesito más tiempo. Y él, al contraataque, ¿Cuánto necesitas? Y yo, resignado, Buf, por lo menos tres meses. Y él, insistente, ¿Ya le has dado un beso? Y Beatriz, salvadora, redentora, deshacedora de entuertos con niño de fondo, ¿Qué preguntas son ésas, Pablo?; anda a la cama que mañana tienes cole. Y Pablo, contrariado, Jo, mamá; el cuarto huele a *vomitadura*. Y Beatriz, tajante, No huele a nada; acabo de ventilarlo; venga, despídete de Ricardo y ve a acostarte.

De vuelta a casa, conduciendo en la noche, con una luna triste en la marquesina del cielo, me debatí entre el vértigo y la audacia. Había pasado en pocos días de dejarme morir de autocompasión a sentirme tentado por la proposición de Beatriz. Porque, bajo la nata de su discurso de mujer en crisis, había una proposición, un acuerdo de futuro. Lo noté en su mirada, en el beso de despedida en la puerta (sin disimulo ya; importaba una batata que su madre nos viese), en sus palabras finales, No quiero que te vuelvas a marchar de mi vida.

Y yo no pensaba, no quería marcharme de su vida. Sucedía, no obstante, que la suya era una existencia compleja y llena de escondites. Su propuesta incluía a dos niños pequeños, un padre senil, una madre controladora y un ex marido impertinente con el que tarde o temprano tendría que vérmelas. Beatriz había sido muy reservada en cuanto a César y a los motivos por los que su matrimonio se había ido al garete. Pero la manera en que me escuchó contar la escena de la comisaría, la forma en que se mordió el labio hasta casi sangrar cuando mencioné que el novio de Freda había creído que yo maltrataba a Sara Cardenal, me dio a entender que le dolía demasiado para ser sólo una anécdota.

Así y todo, yo me sentía más cerca de aquella mujer de lo que había estado nunca de nadie. También estaba solo y harto y hasta gordo y viejo. Me seducía la idea de más cenas como la de esa noche, de más vino robado en la bodega de su padre, de más ternura, incluso con vómitos y preguntas inoportunas. Pero ¿sería capaz de mantener a Beatriz al margen de mi trabajo? ¿Podría avenir disparos y navajazos a traición, con arrumacos y caricias de frente? Cuando llegué a casa, cerca de la medianoche, me encontraba nervioso, demasiado agitado como para dormir.

Encendí el móvil. A pesar de la hora, envié dos mensajes. Uno a Beatriz, agradeciéndole una hermosa velada. La mejor desde hacía mucho tiempo. Sí. Ya sabía que era la única desde hacía mucho tiempo pero el agradecimiento valía igual. Otro a Inés, citándola al día siguiente para desayunar. Sí. Ya sabía que era sábado pero los sábados también se desayuna. Quería hablarle. Un asunto personal. Nada relacionado con trabajo. Nos veríamos en el despacho. A las diez. Conociendo a mi secretaria, estaría allí una hora antes, intrigada.

Cuando corté, decidí aprovechar que no tenía sueño para volver a la venganza de Edmundo Dantés. Pero no llegué a tiempo ni de pasar una hoja. No logré saborear ni una sola de las represalias del conde de Montecristo disfrazado de nuevo rico. Sonó el teléfono. Creí que era una de las chicas que habría leído el mensaje y querría saber más. Me equivoqué. Era otra mujer. Sara Cardenal quería saber si estaba despierto. Lo estaba. No. No me agarraba en mal momento. Parecía alterada. Quería verme. Ella no podía moverse de su casa, por los niños, pero necesitaba hablarme con premura. Nada de teléfonos. Los teléfonos los cargaba el diablo. No le extrañaría que Álvarez (o alguien más peligroso) se lo hubiese intervenido. Sonaba grave. Lo era. Mucho. ¿Cuestión de vida o muerte? No. Por desgracia ya sólo era de muerte.

No pude evitar sentir un *déjà vu*. La casa de Sara Cardenal (humilde, oscura, con olor a fritanga y polvo acumulado en las alfombras) resultaba lo opuesto a la de Beatriz, pero la situación era idéntica: mujeres solas (la tristeza en los ojos como ojeras perpetuas) con dos hijos pequeños y maridos inútiles. También me recibió en la cocina para estar más cerca de los niños. Me ofreció un café o una cerveza o un trago de ginebra que Vicente tomaba después de cenar, a pelo, sin rebajar con nada. Se lo agradecí pero rehusé la invitación, no tenía estómago para beber más.

La cocina de Sara era pequeña y blanca. En el fogón había un caldero chato y renegrido con restos de un potaje. En el poyo, un cesto de frutas con naranjas y plátanos a punto de pudrirse de maduros. La mujer se sirvió una taza de té con una galleta de canela de las que sirven en las cafeterías. La imaginé sisándolas en las tardes de tertulias con sus amigas. Malos tiempos para la lírica. Me interesé por su estado de salud y de ánimo. Me disculpé por haberla abandonado a su suerte en la comisaría, gajes de tratar con una médica atravesada y arisca que aún andaría preguntándose si yo era o no un desalmado maltratador. Sara intentó excusarse, a su vez, por no haberme defendido durante la detención en la dulcería. Los nervios la habían traicionado.

¿Los nervios o los recuerdos? Probablemente las dos cosas. Yo había hurgado en una vieja herida que aún escocía. Debía perdonarla porque…

Antes de que la conversación se convirtiera en un bucle absurdo de excusas y justificaciones le pedí a la mujer que fuera al grano. ¿Qué era aquello tan grave que tenía que contarme y no podía esperar al día siguiente? Sara se frotó las manos, nerviosa. Cruzó los brazos. Miró al suelo. Necesitaba desahogarse, desenmarañar algún nudo en la historia de la familia Cardenal, ofrecer su visión de los hechos. A lo peor a mí no me parecía grave pero, para ella, lo era. Había sido yo el que había abierto la caja de los truenos esa misma mañana, así que creía merecer quince minutos de mi tiempo.

Había sido sincera en una cosa, la más importante: ella no había participado de ningún modo, ni como autora ni como colaboradora necesaria (¿no lo llamaban así en los tribunales?), en la muerte de su madre. De hecho, hasta ese día no había advertido la desaparición de la llave. Y aún no podía creer que su marido hubiese sido capaz de hacer algo tan espantoso. Sólo podía achacarlo a la necesidad, a la codicia, a la pura locura. Desde que supieron lo de la jeringada póliza la tierra pareció temblar bajo sus pies. Un terremoto.

¿Sabían lo de la póliza? Sí. Lo sabían. Todos. Su madre se había encargado de eso hacía unos meses cuando murió Magdalena Bermejo. Magdalena Bermejo (Sara no se estaba yendo por las ramas; enseguida entendería yo a cuento de qué la sacaba a la palestra) era una amiga de la infancia de Andrea. El verano anterior le habían diagnosticado un cáncer de hígado o páncreas (el rostro de Sara se contrajo de dolor al recordarlo) y en dos meses se fue pa' las Chacaritas. La enterraron el doce de agosto, lo recordaba bien porque era el cumpleaños de su hijo pequeño. Y, con todo y lo cruel que sonaba lo del cáncer, lo peor fue que Magdalena había muerto en la más absoluta soledad. Era viuda como Andrea. Y tenía también tres hijos, que se desentendieron, se hicieron los suecos, se pasaron la pelota unos a otros con tal de no encargarse de la madre. Encargarse viene de carga, ¿no es cierto? Pues eso es lo que era la vieja: una carga para ellos. Andrea le vio, entonces, las orejas al lobo. Se asustó. Vaticinó ese mismo final para ella y le entró miedo. Más que miedo, pánico. Solamente el pánico explica algunos actos que cometemos. Sara sabía de lo que hablaba. No era la primera vez que su madre se comportaba de un modo abominable por culpa del terror.

Sí. Había dicho abominable. Y hablaba de su madre, Andrea Mérida, por quien todos sentían cariño y lástima: los vecinos; los pocos amigos que aún tenía; hasta la policía, poco dada a sentir compasión por nadie. Sara había notado ese sentimiento en el inspector Álvarez la primera vez que los reunió en comisaría para interrogarlos. No se le escapó que mi amigo imaginaba lo que todos: que Andrea era una pobre víctima y sus hijos, unos canallas. Los trató como tales. Canallas. Rastreros. No tuvo que decirlo en voz alta para que ellos supieran lo que pensaba, lo que estaba seguro que era la verdad. Pues no. Lo sentía pero no. Por ahí no pasaba. Era parte de la verdad pero no la verdad. Y parte de una verdad es más mentira que la mentira misma. Porque era cierto que Tomás, Álvaro y Sara no querían demasiado a su madre pero, por más vueltas que le dieran, su madre tampoco los quería demasiado a ellos.

Andrea Mérida no podía considerarse una madre ejemplar. Sólo se convirtió en víctima al final, cuando Vicente (ya no había duda de quién era el culpable) la asesinó. Pero antes de eso fue verdugo, cómplice, compinche, esbirro. Cuando tuvo que demostrar su devoción materna se rajó como una cobarde. Sara bebió un sorbo de té para coger resuello. Ya llegaba a lo que quería contarme esa noche, la razón por la que me había sacado de la cama. Una historia de casi cuarenta años que dolía igual que si hubiera ocurrido anteayer. Una historia de miedo, de llantos, de noches en vela soportando el abuso y la brutalidad.

La mujer se refugió en el cinismo, en la sátira para poder tragarse aquella píldora. Para narrar lo inenarrable, lo obsceno, lo perverso. Y es que el coronel Cardenal confundía el culo con las témporas en cuestiones de afecto. Exageraba hasta la repulsión el cariño que sentía por Sara. En otras palabras, se le iba la mano y lo que no era la mano cada vez que se acercaba a su hija. El amor excesivo duró algunos años. Hasta que Sara fue consciente de lo que significaban aquellos gestos furtivos. Y el día que le reveló a su madre lo que el padre de familia, el recto militar, el hombre que presumía de vestirse por los pies le hacía en la cama cuando todos dormían, Andrea no la creyó. Cosas de adolescente, dijo. La edad, dijo. Rebeldía, inconformismo, ganas de joder, dijo. Un padre no podía hacerle esas barbaridades a su niña.

A la vergüenza, entonces, se le unió la indefensión, el desamparo, la orfandad. Todo en lo que creía se fue al carajo. Malo que tu propio padre abuse de ti, pero peor que tu madre mire hacia otro lado y te haga pasar por mentirosa o loca. Sara no mentía ni estaba loca. Le faltó poco para la locura pero no. Ni estaba loca ni había soñado las atrocidades del coronelito. Sus babas, su olor a viejo, sus dedos sucios penetrándola, su verga restregándose contra los muslos blancos de chiquilla.

Sara volvió a beber. Pensé que iba a derrumbarse, que era lógico que se desmoronara, que nadie podía tener tanto aplomo. Pero enseguida recobró la flema para proseguir con su relato. Ella no me había llamado para hablar de una vieja pesadilla que nada tenía que ver con mi investigación. Quería hablar de una pesadilla nueva, casi recién estrenada: el segundo ataque de pánico de Andrea Mérida, cuarenta años después de descubrir que su marido era una bestia, un cerdo pedófilo. Fue el verano anterior cuando Mérida comprendió que ella también iba a pudrirse de vieja, sola como su amiga Magdalena. Que, tras haberse comportado de una manera infame, tenía todas las papeletas para acabar en un asilo. Que ni Álvaro ni Tomás ni mucho menos Sara iban a mover un dedo para impedirlo. ¿Qué hizo?

No se le ocurrió nada mejor que intentar comprar el cariño de sus hijos. Que vender sus últimos años al mejor postor. Así. Con todas las sílabas. Al-me-jor-pos-tor. Les contó lo de la póliza de seguros y dejó caer, como quien no quiere la cosa, que el tesoro sería para el hijo más devoto. Para quien mejor la tratara. Para quien la mimara con más dedicación. Una indecencia, vamos. Una indecencia que, como se vio después, se le volvió en su contra. Porque ninguno de los tres cayó en la trampa. Tal vez Álvaro se aprovechó de algunos momentos de fragilidad de Andrea, a Sara le constaba que su hermano pequeño le sacaba algunos cientos de euros quizá con falsas promesas de tahúr. Pero, hasta donde ella tenía idea, nunca pasó de ahí. Lo de la póliza quedó enterrado, demasiado impúdico para tomarse en cuenta, ni siquiera en una familia como la suya. ¿Había hablado yo con Tomás? Entonces ya conocía su desgracia, la caída a los infiernos de San José tras haber besado el cielo de La Minilla. Sobre las amistades de Álvaro mejor ni hablar, menudos cafres. ¿Y Sara?

Sara no quería pasar por la más virtuosa de la tribu. Claro que le hubiera venido de perlas aquel dinero, ¿a quién no?, pero hablábamos de aceptar un soborno de la mujer que había permitido que su infancia fuera un suplicio. Y no. Antes (lo prometía, lo juraba por sus hijos) se hubiera puesto a pedir en la puerta de la iglesia. Por eso la mortificaba tanto la manera en que la miraban todos (Álvarez, los vecinos, yo mismo). Prejuicios de mierda. La habían juzgado y condenado antes de escucharla.

El suspiro profundo y el silencio de Sara anunciaron que había concluido con su declaración. Se le notaba exhausta pero aliviada. Cualquiera sabía cuántos años llevaba soportando aquel peso, a cuántas personas les habría aguantado las miradas de reproche sin atreverse a confesar la verdad sobre su niñez, sobre su adolescencia, sobre su vida adulta porque ese horror no lo mitiga el tiempo. Tanto padecer para que, encima, la miráramos todos como una hija malagradecida. Manda huevos.

Pues ni de coña. Hasta allí había llegado. Ya no más. Y sí. Se sentía aliviada. Un poco desnuda después de desvelarme su secreto, pero ya sin costuras incómodas, sin peso, sin la opresión en el alma con que había vivido.

La pregunta, al parecer, era la misma siempre: ¿por qué no había hablado antes?; ¿por qué no le habían revelado ella y sus hermanos todo eso a la policía desde el principio? Sara sonrió con cierto desdén. Me miró casi con piedad, como se mira a un chiquillo que pregunta idioteces. ¿Y qué esperaba yo? Andrea Mérida despertaba todas las simpatías. Una mujer sacrificada y generosa, una madre desprendida, una santa. Al morir asesinada todos los ojos apuntan a sus hijos: tres tipos mediocres, perdedores, viciosos. Mientras, la mujer vivía sola y abandonada. Conclusión: los hijos estaban deseando que la vieja se muriera. O peor: le habían dado la puntilla para acelerar el trámite. Luego el inspector Álvarez se presenta en el entierro y, desde su mirador de honestidad, corrobora que ninguno sentía el menor afecto por la muerta. ¿Qué más necesitaba para condenarlos? Si no eran culpables, lo disimulaban de puta madre.

No, amigo. Alguien que tiene la verdad tan clara no se merece ninguna explicación, máxime cuando las explicaciones los dejaban a los tres con las vergüenzas al aire, más sospechosos todavía. Tomás, el listo de la casa, convertido en un pobre vendedor de loterías con una mujer que se tiraba a media colonia cubana de Guanarteme. Sara, cornuda y apaleada también, soportando a un marido propenso a los burdeles. Y Álvaro, siempre tan débil, siempre tan influenciable, arrimado a una banda de matones extorsionadores. Con esos argumentos,

¿hubiera esperado yo comprensión de la policía? Pues eso. Más aceite da una piedra.

Necesité unos segundos para digerir tamaña tragedia. Cuarenta años de sufrimiento no se podían asumir en un breve instante. Ni con la garganta seca. Ahora sí le aceptaba a Sara esa ginebra que decía tener. Sola. Sin rebajar. Sin afeites de hielo y limón. Como la tomaba su marido. Capté un brevísimo brillo de malicia en los ojos de mi anfitriona y quise atajarlo antes de continuar con la entrevista. Para no llamarnos a engaño. Para que no hubiese dudas de nuestras intenciones. Para dejar sentada una verdad. No todos éramos iguales. Sara no debía fiarse de las apariencias. No debía cometer el mismo error que los demás habíamos cometido con ella. El de los prejuicios. Una cosa es que yo bebiera ginebra al modo de Vicente Dorta y otra muy diferente que lo imitara en las demás situaciones. Mi presencia en el burdel de Pamochamoso obedecía al trabajo. Pura estrategia. Seguimiento. Yo no solía frecuentar burdeles. No intimaba con putas. Y, desde luego, no mataría a nadie para cobrar un seguro de treinta mil euros de mierda. ¿Cómo sabía la cantidad de la póliza? Porque soy buen detective, ¿qué se pensaba ella?

Sara me sirvió en un vaso ancho con ribetes plateados, lo más cercano al lujo que podía brindarme. Quiso saber qué iba a ocurrirle a Vicente. Dejó claro de antemano que se interesaba como madre y no como mujer. Como mujer le importaba un rábano si se pudría en la cárcel. Pero era el padre de sus hijos y no quería verlos sufrir a ellos más de lo que ya habían sufrido. No quería ver la frustración y el miedo en los ojos de los chiquillos por culpa de un padre tarambana. Con una infancia rota en casa ya tenía bastante.

No supe responder. Tarambana era un término que se quedaba corto para el crimen del que hablábamos. Podían caerle veinte meses o veinte años. Todo dependía de lo que su marido les diera a cambio. Sospechaba que Álvarez estaba más interesado en Félix que en otra cosa y, si Vicente se avenía a colaborar, a testificar contra el moro en un juicio, quizá le ofreciese un arreglo. Sí. Sonaba asqueroso pero los arreglos existían. Eran parte del juego de la ley: para atrapar al tiburón usaban a las sardinillas con la promesa de devolverlas al río en cuanto pudieran.

Luego estaban los atenuantes (la crisis se estaba convirtiendo en el más convincente de todos), los jueces amigables o biliosos, los testigos de cargo, la buena conducta en la cárcel, el arrepentimiento. La ley no era matemática: el orden de los factores sí alteraba el producto. Y la justicia, como un perro mil leches, era hija de muchos padres. La siguiente pregunta iba a ser premonitoria, pura profecía de San Malaquías formulada en la cocina de Sara Cardenal una noche de invierno. Lo del tiburón y la sardina valía como parábola para niños, pero tenía una grieta. ¿Qué ocurría si el tiburón se tragaba a la sardina antes de que la rescataran del sedal?

Amanecí desorientado y con frío. Después de tantas vueltas de tiovivo, de tantas emociones desbocadas, no sabía dónde estaba. Y, para colmo, me había dejado la ventana de la alcoba abierta (o había olvidado cerrarla, luego de que Gloria viniera a limpiar) y entraba el sirimiri de la mañana como un cuchillo helado. Intenté recordar el sueño que había tenido pero me fue imposible ordenar las imágenes. Me pareció que había sido una algarabía de sombras pasadas, presentes y quién sabe si futuras. Colacho se codeaba con Beatriz. Mi madre arengaba al moro Félix. Vicente Dorta, mudo (no fui capaz de ponerle voz), observaba el cadáver de Andrea Mérida. Unos niños jugaban en un parque con el suelo almohadillado.

Las tribus árabes del desierto suelen beber té hirviendo y comer unas empanadas picantes y grasientas hechas con pan ácimo. Lo hacen para equilibrar el calor de dentro con el de afuera. La maniobra me sirvió de muy poco esa mañana. El frío de la pesadilla nocturna no compensaba el del rocío de la calle. Al revés: se fundía con él, lo acrecentaba, me hacía sentir el doble de entumecido. Mientras me duchaba para entrar en calor creí oír el sonido de un teléfono. Un eco lejano, ajeno, irreconocible. Acabé de vestirme y salí a la calle. Iba a coger un taxi en Mas de Gaminde cuando apareció una guagua, la veinticinco, plagada de jóvenes a pesar de ser sábado. Imaginé que andarían en época de exámenes. Me subí. No tenía prisa (aún no habían dado las nueve y media) en llegar al trabajo.

Una guagua es un lugar curioso, indiscreto, ideal para sociólogos y algún que otro psiquiatra. Como no llevo dentro ni una cosa ni la otra, me dio por desafiar a la historia. Mi historia frente a la de la veintena de estudiantes que viajaban allí. Pensé en mi juventud, tan diferente, tan en blanco y negro, tan bulliciosa. Cualquier excusa servía, entonces, para entablar una conversación. Con una chica guapa o un colega de la facultad. Sobre amor o sobre religión. Trivial o profundísima. Cicatera o desinteresada. Que acabara en romance, en amistad, en aversión eterna. Pero en la veinticinco no hablaba nadie. Olía a una mezcolanza de perfumes que el frío que entraba por los ventanucos no lograba evitar. Me rodeaba una panda de zombis con auriculares, cada uno atento a su teléfono móvil (me acordé de Cela) o a su portátil. Ojos cerrados. Cuerpos lánguidos. Silencio.

De repente, alguien pasó la página de un libro y fue como una brisa de aire fresco, el paraíso después de un viaje interminable. Y me reconcilié con el mundo. Un libro. Lo leía una muchacha con cara de llamarse Ana. Ana Karenina. Lo llevaba abierto en la página doscientas treinta y pico (desde donde yo estaba no pude verlo bien). Un libro grueso de tapas duras que olería a pergamino y a tinta. Un libro que merecía contar (ya abandonados a la imaginación) una historia de amor. De esos amores incomprendidos, incomprensibles para todo el mundo excepto para los amantes. Un amor distinto, descompensado, acaso por la diferencia de edad o de religión o de estatus social de los protagonistas. De vez en cuando Ana Karenina levantaba la vista de la lectura y miraba más allá de las ventanas, tal vez buscando a algún caminante que coincidiera con los protagonistas de su novela, tal vez soñando en qué sería de su vida si llegase a enamorarse de un hombre mayor, judío o pobre de solemnidad.

La guagua serpenteaba con rapidez por las calles de Las Palmas. Pío XII, Pérez del Toro, Tomás Morales, Primero de Mayo. El tráfico era menos denso que un día de entre semana. Yo me bajé en Correos con magua de no haber animado a la muchacha a bajarse mientras aún estaba a tiempo, a alejarse de los zombis viajeros con su mutismo y su indiferencia, a tirarse a la calle a vivir. No había cruzado Primero de Mayo cuando comenzó a llover. Tuve que andar pegado a la pared, al zoco de balcones y zaguanes, bajo la marquesina de una tintorería. Hasta que me acordé de Ana Karenina y me pareció indigno no acatar mi propio consejo y me dio igual calarme hasta los huesos con la lluvia de invierno. Pensé en Beatriz y me sentí dichoso, eufórico por primera vez en mucho tiempo. El resto del camino lo hice por el medio de la calle.

Cuando llegué a la oficina, mientras buscaba una toalla del baño, Inés me persiguió por el despacho hecha una furia, ¿Dónde estabas, joder?; ¿por qué no contestas al móvil?; llevo una hora llamándote, mi niño. Ante mi expresión de estupor por su arrebato repentino, descolgó el teléfono, marcó un número y me lo extendió, Habla con Álvarez, anda; tendremos que posponer el desayuno; anoche encontraron un cadáver que tiene que ver con el caso que estás investigando; no sé quién es el muerto; sólo que lo encontraron, cosido a puñaladas, a la salida de una casa de putas.

Félix. No hubo nadie que tuviera relación con el caso que no pensara en Félix. Y no, como algún redactor de periódico (a cojón visto, macho seguro) llegó a insinuar después, por moro ni por delincuente. Félix era ambas cosas pero no se dejaba llevar por ninguna de ellas. Tenía un motivo mayor para querer deshacerse de Vicente Dorta. Aún más, tenía dos motivos, las torres gemelas de la motivación: por una parte, eliminaba a un testigo principal, el único que podía incriminarlo en la muerte de Vidal; por otra, más taimada si cabía, podía echarle la culpa de esa muerte, a ver quién era el listo que lograba probar que no había sido Dorta el asesino del manco.

Fue a diez metros, veinte baldosas justas, del burdel de Pamochamoso. En una esquina. Junto a un cajón de la compañía eléctrica. En la puerta de una ferretería. Llevaba puesto un terno azul oscuro y un solo zapato (el otro acabó debajo de una furgoneta) de ante marrón. Venía de echar una vaina con Marlene y Constanza. Sí. Con las dos a la vez. Con una a cada lado o una encima de otra o delante y detrás o como diantre se hiciera eso. El hombre se sentía así de inspirado. Y llevaba dinerito fresco. Un fajo de billetes de cien euros dentro de una cartera de plástico verde botella. Había pasado su última noche como un príncipe. Una noche de lujo, te la cambio sin verla. Más tarde, el informe del forense revelaría que había cenado marisco. Restos de bogavante y langosta en un estómago que Santa Ana no necesitó ni abrir porque ya de eso se había encargado el asesino.

Marisco y putas. Me recordó a un caso de hacía unos años con mafia rusa de fondo. Marisco, putas y dinero a mansalva. Para un tipo con un sueldo de menos de mil euros sonaba a confesión. A culpabilidad. ¿No sería eso lo que su asesino perseguía? Nadie vio ni oyó nada. Ni un testigo que aplacara la sed. Marlene y Constanza lo habían ido a despedir a la puerta del burdel, qué menos, y habían vuelto a la casa a darse una ducha para esperar a los clientes venideros. Menchu, la doña, andaba encandilada con los dos billetes verdes de cien euros (las perversiones se pagaban el doble) que acababan de darle. Los miraba al trasluz por si, después de tanta gaita, resultasen ser falsos. Ninguna se enteró de lo ocurrido hasta que no llegó la policía.

Vicente Dorta tenía veintidós puñaladas en el cuerpo, la mayor parte de ellas en el pecho y el vientre. Se defendió al principio (podían verse cortes profundos en el exterior de la mano y el brazo derechos) pero pronto comprendió que era inútil. Que su atacante venía ciego, enrabietado, con una idea fija en la cabeza. La saña y la ferocidad eran irracionales. Imposible pensar en un error, en una confusión. No. Las cuchilladas tenían destinatario: Dorta sufrió dos más en la espalda, a la altura de los riñones. Se las llevó ya muerto, cuando yacía boca abajo en la acera.

Había sido una vecina de Aguadulce, que volvía de pasear a

su perro (en realidad, había sido Nerón el primero en descubrirlo), quien había llamado a la policía. El susto no se le iba a quitar ni en cien años que viviera. Pensó, nada más verlo, que era un borracho que se había caído y dormía la mona. No sería la primera vez que hubiera tenido que sortear un cuerpo en la acera. Hasta que Nerón (mira por dónde le vino a huevo el nombre) comenzó a lamer el charcote de sangre del pavimento.

Álvarez me mostró las fotografías del cadáver. Una a una. En su despacho. Mientras bebíamos café de la máquina de la comisaría. Repugnantes. Las fotos y el café. Logré disimular el asco que me daba el bebedizo con el que me daban las imágenes de un Vicente Dorta acribillado, con las tripas por fuera, con la postura artificial y absurda de a quien la muerte le coge desprevenido, los ojos entrecerrados, la baba reseca de la boca, la lengua amoratada, el calcetín marrón del que sobresalía el dedo gordo por un agujero. Esperé que jamás se las dieran a ver a Sara Cardenal; ni una mujer despechada podría soportar tremenda escabechina.

El teléfono del inspector no paraba de sonar. Todos (sus superiores, la familia del muerto, el nuevo alcalde) querían saber qué había ocurrido y qué estaba haciendo la policía por resolver un crimen tan atroz. A todos les respondía lo mismo. Un muerto. Posiblemente un ajuste de cuentas. Un sospechoso que ya estaba en busca y captura por toda la isla. Un retrato robot del posible asesino enviado a las comisarías y a los cuarteles de la Guardia Civil desde Agaete a Mogán. No podía decir más. No había más que decir. Vaya mierda de enero.

–¿Cómo lo ves, Ricardo?

–Lo veo más muerto que mi bisabuela.

–Joder, y tanto. Pero me refiero a lo que hay alrededor de esa muerte. Y no me digas que sangre porque me está matando la acidez y te voy a mandar al carajo.

–Pues, mire por dónde, eso iba a decirle. Demasiada sangre.

–¿Verdad? A mí también me lo parece. Y luego está lo del dinero. Había más de cuatro mil euros. Una fortuna en los tiempos que corren. ¿Por qué no se lo llevaron?

–Bueno. Si aceptamos a Félix como el asesino, tendría una explicación. Querría que lo halláramos en el bolsillo de Dorta. Una prueba de su culpabilidad.

–¿Si aceptamos a Félix? ¿Es que tienes otro aspirante a carnicero? Mira a ver si te estás escondiendo algo, coño, que tengo a todo Cristo pegado al culo.

–No me escondo nada, Álvarez. No me sea susceptible. Pero es que no me encaja tanta saña. He visto al moro. He estado con él en su guarida. Hasta me ha amenazado por teléfono. Y no me parece de los que se dejan llevar por la rabia. Si Dorta hubiese muerto de un balazo, por ejemplo, no tendría dudas. Pero ya le digo: hay demasiada sangre. El asesino tuvo que haberse pringado hasta los bajos. Y Félix no es de los que se pringan. ¿Sus matones siguen detenidos?

–Y lo que les queda. Ahora tenemos un batallón de peleteros del Sur (hindúes, chinos, hasta un paisano suyo marroquí) dispuestos a declarar contra ellos. Parece que los tipos llevan años haciendo amigos en la zona de Meloneras.

–Pues eso. El moro suele dejarles el trabajo sucio a otros. Hay algo que no cuadra en este crimen.

–Me cago en la puta, Ricardo. He empapelado las comisarías de la isla con la jeta de Félix.

–Y ha hecho bien. Félix es un peligro. Un extorsionador y un asesino. Lo del manco Vidal fue cosa suya, eso no le quepa duda. La isla estará mejor con él entre rejas. Hasta yo estaré más tranquilo, no olvide que me la tiene jurada.

–Es verdad, carajo. Y, ahora que lo dices, se me ocurre...

–Pues que no se le ocurra, que lo veo venir. No pienso servir de señuelo para que ustedes lo atrapen, ¿estamos? Ya estoy mayor para según qué trabajos.

–No le dejaríamos que se acercara a ti. Lo cogeríamos antes de que te dieras cuenta.

–Y una mierda. Ese tipo no necesita acercarse. Al manco se lo cargó de dos tiros.

–Y también había mucha sangre.

–Sin duda. Pero le aseguro que ni una gota le manchó el traje al moro. No, Álvarez. De verdad. Estoy cansado de jugármela. De asesinos y maleantes. Me gustaría, por una vez, dedicarme a seguir a una esposa infiel o un empleado desfalcador. Y le he prometido a alguien que me alejaría de las putas y de las pistolas.

–Joder. Esa Beatriz te ha calado hondo, ¿eh? Mira a ver si te me vas a volver ahora un cagado. Además, tú lo has dicho: el moro te la tiene jurada. Va a ir a por ti. Eso como me llamo Gervasio. Lo único que haré será ponerte protección. Ya mismo. Desde que salgas de la comisaría. Tómalo como un homenaje a nuestra vieja amistad. Si Félix aparece, mejor estar cerca. Te aseguro que seremos discretos.

–Anda ya. Sus hombres tienen la discreción donde yo me sé.

–Te jodes. Esta investigación la llevo yo. Y ya lo he decidido.

–Como usted diga. ¿Sabe si Santa Ana trabaja los sábados?

–Acabo de hablar con él. Está en el Anatómico Forense ahora.

–Estupendo. Pues, ya que voy a tener niñeras, que me lleven al Instituto. Me gustaría hablar con él.

–Tampoco te me enrales, ¿eh? Que tus niñeras las pagan los contribuyentes. A ver si ahora los vas a tener del tingo al tango con mariconadas.

No era la primera vez que visitaba el Instituto Anatómico Forense. Recordaba de la última, sobre todo, las ausencias: ausencia de color (todo era allí blanco y beige; ni una planta, ni un adorno, sólo un sofá negro de cuero pegajoso en la sala de espera); ausencia de calor (el frío se te metía hasta el tuétano; un frío gélido y desangelado); ausencia de olor (ni un lejano aroma a café o a perfume que rompiera la asepsia).

Santa Ana me recibió en el despacho que un día había sido de su padre. El hombre lo mantenía igual, sin una alteración que indicara otra presencia, como si le resultara un insulto al viejo forense el simple hecho de cambiar de lugar una lámpara o descolgar un cuadro. Únicamente un detalle casi obligado señalaba el paso del tiempo: la foto de graduación de la pared, junto al perchero, mostraba al nuevo titular del IAF entre sus colegas de promoción. Le hice notar la diferencia de tamaño con la antigua y Santa Ana hijo asintió con rubor, En mi orla hay cuatro veces más miembros que en la de mi padre (los he contado: ochenta y ocho contra veintidós); en la de él, cuatro veces más sabiduría.

Le expuse mi teoría al respecto. No cualquier tiempo pasado fue mejor. Se trataba de un efecto emocional. Sí. Como un efecto óptico pero desde los ojos del sentimiento. Siempre creemos que nuestros padres son más inteligentes, más honestos, más sabios que nosotros. Es nuestra manera de honrarlos. Muy loable. Pero le recordé dos guerras mundiales, una civil, el holocausto nazi (dile a los alemanes de ahora que sus abuelos eran unos santos), el segregacionismo americano (cuéntaselo a los negros de Manhattan). Aquellas atrocidades no pueden considerarse más sabias ni más honestas que las que cometemos hoy. Hasta la depresión del veintinueve resultaba aún más angustiosa que la actual. Y mira que la actual nos estaba jodiendo.

No logré convencerlo. Seguía admirando con demasiado fervor a su padre como para pensar en retractarse tan pronto. Bien por él. En lugar de eso, me ofreció algo de beber. Le revelé que en la calle me aguardaban dos agentes de policía y no era decente malgastar el erario público. Santa Ana sonrió. Me propuso, ya que llevaba prisa, entrar en el depósito de cadáveres para enseñarme lo que quedaba de Vicente Dorta. Negué con la cabeza. Arrugué el ceño. Llevaba prisa, sí, pero no tanta. No había desayunado aún y sólo tenía en el estómago el café repulsivo de la comisaría. Mejor dejábamos el espectáculo de la muerte para otra ocasión. Mi propósito era tan sólo hablar con él. *Escuchar* entre líneas. Averiguar lo que no iba a aparecer en su informe. ¿Por ejemplo, qué? Por ejemplo su impresión personal, su intuición.

En los informes periciales, el experto se atiene a los hechos: a las señales puras y duras, al tamaño de las heridas, al número de orificios, a la hora y la causa de la muerte. Eso podría leerlo en el papel. Yo prefería la sensación que había experimentado el forense ante el cadáver. Santa Ana sacó del primer cajón de su mesa una carpeta y la abrió. Se quitó las gafas. Le echó un vistazo a las notas. Afirmó con la cabeza. Aún le faltaban datos del laboratorio. Pero sí. Tenía una ligera idea de lo sucedido en Pamochamoso.

Al agresor (habló en masculino; aquella inquina y aquella fuerza descartaba, a su juicio, a una mujer) le sobraron al menos quince cuchilladas. Las dos últimas, las de los riñones, sonaban a propina, a escupitajo en la cara, a un Ahí te pudras, cabrón. Él no había visto nunca algo semejante. El arma también lo confundió. Su primera impresión fue la de que el asesino retorció el cuchillo con saña en la carne. Pero no: los trazos eran muy perfectos, muy uniformes. La clave estaba en el tipo de puñal y no en la puñalada. Un arma de hoja ondulante, en forma de serpiente, como un berbiquí pero de dos centímetros de grosor. Aunque, como buen forense, tenía reparos en especular, Santa Ana también habría jurado que no era un profesional. Demasiada torpeza, demasiado arrebato para una mente fría. Más allá de eso, no sabría qué decirme.

No me hacía falta. Mientras el médico hablaba, yo intenté recordar dónde había visto una daga como la que, con tanta precisión, describía. Repasé cada uno de mis pasos desde el día en que Álvarez había venido a resucitarme. Había visitado media docena de lugares, algunos hasta dos veces. Y en uno de esos lugares me constaba un cuchillo así: serpentino, siniestro, con una empuñadura de piedras falsas. En el mismo momento en que recordé dónde, me brotó a la boca una pregunta, la última, para Santa Ana, ¿por casualidad no le había olido a jabón Lagarto cuando hacía la autopsia?

Salí de allí abatido, cansado. Con una sensación de derrota en el pecho. Debería estar feliz por haber entendido por fin aquel galimatías y, sin embargo, tenía un regusto ácido en la boca. Y no era el café de la comisaría ni la ginebra de Sara Cardenal ni el riesgo de que un moro me reventase la cabeza de un balazo una de aquellas noches. Era otra cosa. Una legión de viejos que no verían jamás un euro de sus falsas pólizas. Una familia destrozada para siempre. Tres muertos porque sí. Más miseria. Más dolor. Más sufrimiento.

Los agentes no andaban tampoco para fiestas. Les importaba poco disimular su enfado por tener que servirme de taxistas. Sin duda, les irritaba lo injusto, lo ridículo de la situación: tantos maleantes sueltos en la calle y ellos cuidando de un tipo que se atrevía a llamarse detective. Fuerte mierda. No lo dijeron. Se mordieron la lengua. Pero en sus ojos se veía la perra. Les di la dirección de mi casa. Les dije que no pensaba salir en todo el fin de semana, que podían volverse a su trabajo. Se negaron. ¿Quién me creía yo que era para darles órdenes? El protocolo ya estaba decidido: aparcarían detrás del mercado, me acompañarían, revisarían toda la casa y, luego, se apostarían en el zaguán hasta que el inspector Álvarez no mandase lo contrario. Se me ocurrió, maldita la hora, proponerles mandar a la porra el protocolo y jugar a las películas. Sí. En las películas se ve mucho eso de proteger a un testigo importante en una vivienda donde todos comen, duermen, van al baño y juegan al póquer como colegas.

Se ofendieron. De nuevo la susceptibilidad de la policía, coño. Se ofendieron y en esa ocasión no pensaban callarse. Primero, aquello no era una película. Segundo, yo no era su colega. Tercero, no jugaban al póquer. Y cuarto, por si las dudas, estaban allí para protegerme pero no iban a dejarse matar por mí como en las películas. Si el moro aparecía y me pegaba un tiro, mala suerte. Ellos se encargarían, luego, de detenerlo, que para eso les pagaban. De modo que harían la guardia en el portal. Y, si a mí me salía de los huevos, podría comer, dormir, ir al baño y jugar al póquer todo el fin de semana, pero solito. Cojonudo. ¿Para qué habría hablado?

Cinco días duró aquel cautiverio. Las niñeras se tornaron ceñudos carceleros, soliviantados conmigo, con su jefe, con el mundo por tener que rebajarse a simples guardias de seguridad. Cinco días padeciendo sus caras avinagradas y sus desplantes. Cinco días sin acercarme a nadie conocido para que nadie conocido se viese obligado a padecer semejante delirio. Cinco días en los que le insistí al inspector, hasta la ronquera, que parase aquello. Que se dejara de vainas. Que el moro no iba a jugarse el tipo por una venganza que ya no le valdría ni siquiera para escarmentar: con la banda desmantelada, sus hombres en la cárcel por un puñado de años y su negocio en quiebra, ¿a quién iba a enseñarle los dientes?; ¿para quién serviría mi muerte de escarmiento?

Se lo repetí por activa (Félix no tenía ningún interés en matar a un don Nadie) y por pasiva (el don Nadie no iba a ser acribillado a tiros en público por un tipo que lo que buscaba era pasar desapercibido) pero no me hizo maldito caso. Hasta que a los cinco días se nos apareció el ángel de la suerte. Valentina Sagredo (tucumana como la luna de Atahualpa Yupanqui y lista como un rayo) llegó a darme a mí la razón y a Álvarez, el gusto de solucionar un crimen. E, igual que un guiño del destino, aquella historia vino a acabar en el mismo sitio donde había comenzado hacía setenta y cuatro años: en el pueblo donde había nacido Andrea; en el barrio donde había jugado de niña; a dos manzanas de la casa familiar de los Mérida.

Quiso la suerte que coincidieran en una tabaquería de Sardina del Sur: Fadi Hussein, el hombre más buscado de Gran Canaria, y Valentina Sagredo, una argentina de Tucumán que había sido destinada a la isla tras salir de la Academia de Guardias y Suboficiales de Jaén. Fadi (lo de Félix se lo había puesto en Algeciras un gaditano coñón y medio sordo con quien el moro compartió mataperrerías) había acudido a comprar tabaco. La cabo Sagredo, el periódico y pilas para su radio. Ella lo reconoció enseguida. El sospechoso estaba algo más flaco y demacrado que en el retrato que había en el cuartelillo, pero era él. Eran sus mismos ojos, la misma chiva negra y cuidada, la misma frente. Un anillo de oro en el anular izquierdo y un peluco en la derecha. Y luego estaba el acento, la última prueba: aquella forma de pronunciar la erre de cigarrillos.

Lo reconoció. Y, para no poner en riesgo al estanquero ni a los demás clientes, le permitió salir a la calle. Y lo siguió un centenar de metros hasta llegar a una plaza sin gente, sin peligro. Y se acercó a unos diez pasos. Y le dio el alto. Fadi Hussein (el atestado de la Guardia Civil lo llamaba por su verdadero nombre) se dio la vuelta y se enfrentó a Sagredo. Sonrió con desprecio. Seguro que pensó que una mujer no iba a lograr lo que ningún hombre había conseguido: atraparlo a él, al jefe de una temible banda de extorsionadores, al tipo que hacía temblar a todos los comerciantes de pieles de la isla. Una mujer. Con uniforme, pero mujer al fin. Con galones, pero con tetas. Armada, pero sujeta a la vergüenza, al descrédito de desangrarse cada veintiocho días. Todo eso debió de pensar Félix en algún momento de esa mañana de enero. Cuando sonrió con desprecio. O cuando echó mano de su pistola. O cuando levantó el brazo derecho para disparar. O tal vez cuando una bala le borró la sonrisa y media boca porque la mujer del arma, la uniformada, la de las tetas era también una experta tiradora, la mejor de su promoción.

Gervasio Álvarez leyó el informe entre la burla y la admiración. Valentina Sagredo había vengado de un solo balazo a millones de mujeres puteadas en el mundo. Y, de camino, cerrado el caso de otra mujer puteada: Andrea Mérida. Lo había cerrado, lo había envuelto en papel de regalo, le había puesto un lazo rojo (el rojo de la sangre de tres hombres) y lo había enviado de nuevo a su comisaría. Bien está lo que bien acaba.

Me marché del despacho de Álvarez con esa última frase en la cabeza. Bien está lo que bien acaba. ¿Quién era yo para llevarle la contraria a un viejo y experimentado inspector de policía? Exceptuando la de Andrea Mérida, las otras muertes habrían sido cuestión de tiempo. Vidal era un estafador, Dorta un mal tipo y Félix un miserable. Los tres les habían amargado la vida a todos los que los rodeaban. Atrás dejaban un rastro de miseria y dolor. ¿Quién era yo para seguir hurgando en sus desdichas? El único cabo suelto de la historia ya llevaba la penitencia en el pecado. Un estigma de mal olor. Una esposa joven y revoltosa que ya no lo soportaba. Una vida infeliz vendiendo lotería tras un cristal blindado. Y una madre muerta, asesinada por un perro. Pues muerto el perro se acababa la rabia.

Al día siguiente, los periódicos sacaban la noticia del año. La primera de una ristra de noticias del año con las que alimentar a los lectores. *Resuelto el caso de la mujer asesinada... El tiroteo de Sardina cierra la investigación... El marroquí abatido por la guardia civil, presunto culpable de tres muertes... Destapada, de refilón, una estafa de seguros de vida... Más de setenta ancianos embaucados con pólizas falsas... Cerca de dos millones de euros estafados... Sin rastro aún del dinero.*

La última víctima de aquella historia estaba por llegar. La madre de Enrique Vidal tendría que vender el edificio entero de Domingo J. Navarro, 26 para hacer frente a tanta demanda judicial. Por suerte para ella (al final, resultó que sí era ciega), no tuvo que ver el cadáver tiroteado de su hijo ni las lágrimas de los pobres viejos engañados ni el gesto hosco y despectivo del juez del caso. En la fotografía que acompañaba a la noticia, el alcalde sonreía. El comisario jefe sonreía. La cabo Sagredo sonreía. No obstante, Gervasio Álvarez, en segunda fila, se notaba incómodo, ajeno a la celebración.

Fuera de cámaras y de micrófonos, cada cual contaría la fiesta según le fuera: Sara Cardenal iba a descansar por fin, su marido aparecía como víctima y no como asesino, sus hijos se librarían de la deshonra; Tomás, después de deshacerse de un puñal damasquinado en quién sabe qué contenedor de basura, a volverse a su vida de porquería; Álvaro a cantar como Caruso y a desvelar hasta la última trampa de los extorsionadores, a cambio de una reducción de condena; Eduardo Gil Varela no volvería a teñirse el pelo para nadie.

El viernes, veintisiete de enero, día de Santa Ángela y San Julián, me aponté a cumplir una promesa. Acompañé (mejor diré: